面對面的離情

胡燕青

1 得失寸心知

2 風入四蹄輕

3 青靄入看無

1

得失寸心知

文學該怎樣創作

我讀大學時，一位教授比較文學的老師對我們說：「文學的價值在於形式而非主題。文學已經把重要的主題都耗盡，人要說的不外傷春悲秋、愛恨生死。因此，主題不打緊，你怎樣寫才是重要的。」我把這話記在心中。

當時的我，接觸文學已經好幾年了，包括中四開始修讀的英國文學。我課餘又參加了文學前輩的詩刊小組，小學時就受《中國學生周報》長期塑造，直至她結業——卻未聞此說。當時聽到老師的話，感覺是震驚；震驚完了，更陷入深思，因為我正打算以文學創作為志業。

幾十年過去了。這話對不對，我還是說不準。當年大學的教本包括博爾赫斯和俄國大師的名著；中文系的專家詩讀杜甫而古典小說讀曹雪芹，我只能說，文學可不是三言兩語說得盡的。看着這些偉大作品，我覺得老師說得對，也不全對。我最心儀的這些大師，他們筆下的文學格局、形式和語言技巧固然是第一流的，但最主要的還是他們視野大、心胸闊，人生經驗豐富，體會也深刻。語言好，形式新，只是必要條件，而非充分條件。我不禁問：他們到底用了多少時間來發展這級數的文筆、這等次的觀察力和思想深度？只靠讀書嗎？聖經說：著書多，沒有窮盡；讀書多，身體疲倦；又說：知識使人自高自大。聽說使我五體投地的大師杜斯陀耶夫斯基之所以寫得快，是因為給賭錢而衍生的債務糾纏。債主識貨，命他以稿抵債（那時的讀者真厲害）。為人方面，則托爾斯泰極不可親，脾氣可怕，但很有良心、罪咎感強，因此很難相處。他一個人就可以變出安德烈和皮埃爾兩個活生生而且魅力超強的男人來。至於曹先生，我更不知道他用筆下的哪一個角色活着，說真的，他寫出來的每一個角色都生動得可怕。給鳳姐或黛玉纏身可不是說笑的，何況還有小紅和晴雯？

人生多事，現代正常人天天須要餬口，哪來時間精力端坐書桌前面考慮著作的內容和形式？稿子出來了，大多是死線迫近，編輯追稿，或有感而發的「成果」。即或不然，到你真的正襟危坐，詳作筆記、仔細書寫，你又會發現內裏人物非常不乖，不但似有生命，更會自行作主，你明明設計某姑娘嫁給甲先生，她竟和他吵翻了，最後你為了她的幸福，只好又給她遇上乙先生，但乙先生卻與另一個人私奔了。原來筆尖勾連着的不是你的理性思維，而是你龐大的潛意識系統，包括你的家庭、成長、性情和經歷，還有你一直以來的「八卦庫存」。一旦牽涉到心靈的地下水桌，水的源頭就遠遠超過了你的河川湖泊，作家就不再擁有甚麼「風景主權」了。而且，好的寫作來自活水，而活水是聖靈，這更意味着無邊無際的可能性了。

我要說出的公開秘密就是文學創作人是既理性又任性的。Sense and

sensibility一詞說不盡，更該加上超乎常人的sensitivity。於我而言，還須感應天父的信息和時機。作品，是作家之所是，而非其所作。

二〇二二年五月三十日

● 參與及觀察

人生世上，不可能不參與人的活動。出家人也得化緣去；即使地位崇高、讓徒弟侍奉的高僧也須和徒弟打交道——接過他遞來的那碗清粥，再點頭說句「謝謝」。其實說不說「謝謝」都已經參與了。說「謝謝」，是積極參與，後果也是正面的——這句話既表達了他對上天和世人的感恩之心，也嘉許、鼓勵了親自進入人群求取食物的小和尚，肚子填飽後更要運化一輪，用這些能量來打坐；不說「謝謝」，仍不免在消極參與，畢竟，他們干擾了煙火人間，施予和接受，往還之處牽一髮而動全身；世上一切，都已經細細抖動、偷偷調整了。蝴蝶效應，本來就不是甚麼新鮮概念。

純粹為了觀察世情而活着的人是不存在的，真相是：世人的事務連上帝都參與了。對上帝來說，參與是在塑造人類的美善，阻止他們的醜惡，挽回已經墮落淪亡的一切；對人類來說，參與本身就是洞悉世情和建構歷史的必然步驟。對作家來說，連綿不絕地讓各種角色在自己的作品中出現，生活、互動甚至成長，則是創作、體會、學習和呈現個人心態的過程。此中，有些書頁印刷釘裝了，有些讀者感動或睡着了，有些出版社經歷盈虧了，有些文化給提升或拖垮了。作家知道：沒有郭靖的蒙古童年和華箏公主的主動堅執，他和黃蓉的愛情就少見層次；沒有曾經封航的台灣海峽攔阻歸路，余光中的鄉愁就會失去強大的張力；沒有襲人和晴雯在寶二爺身邊出沒，寶釵和黛玉都要變得軟弱、平面。沒有配角動手雕塑出來的主角，其面貌終必變得模糊，因此電視劇中長年累月演出最多的經常是配角——那些阿叔、媽媽、爺爺和不怎麼壞的壞人。更重要的是，只要換個參與的力度，或換個角度，所有的配角其實都是主角。近來風靡一時的「創作」宮廷「歷史」劇，就是稍微離開了以帝后為中心的「正史」，走近某個卑微人物的內心，加鹽加醋再加上大量的戀愛糖分想像出來的故事。

我剛才說配角都在雕塑主角的面貌，原來的主角也不停在描繪他舞台對手的人生。至於誰佔位最多，作家說了算，讀者觀眾只能用想像力去作有限度的補充，直至另一個創作人出來左右大局。但無論是補充修改，還是重新創作，作者和受眾都有意無意地「參與」了作品的生態。例如白娘子是主角、青蛇是配角的佈局，只是一種說法、一種選擇。一旦有人找英俊的李連杰來飾演法海，鏡頭下的世界就大大地改變了，觀眾的立場也說不定轉換了。這正是一種不同的視角悄悄地在古老故事的脊骨打燈，好像在用指甲鉗彈琵琶或用牙籤來施針；新的文本誕生，有一天或要取代正史的地位。

相對於參與，偉大作家的觀察是甚麼？說穿了，觀察還是一種高明的參與，一種轉身離開、只留下影響力的掌風。作品中的細節越細緻，作品的質感就越高；篩選的工作越難做、選得越好，我們就越讚許他的觀察力。他利用細節來銘刻陰影，以突出人物受光的位置。他離開陳列館，出去喝咖啡，充滿信心地遙控着受眾的反應，還裝出一副事不關己的樣子。

二〇一九年四月四日

靈感

梁啟超先生於一九〇一年寫了一篇名為〈煙士披里純〉（inspiration，即靈感）的散文。首段說人人都有自己的秘密，即使不打算表達，最後這秘密也必在有意無意間披露出來。人的舉動和臉上的微表情會將之和盤托出：「蓋其胸中之秘密，有欲自抑而不能抑，直透出此等之機關以表白於大庭廣眾者。述懷何必三寸之舌，寫情何必七寸之管，乃至眼之一閃，顏之一動，手之一觸，體之一運，無一而非導隱念、述幽懷之絕大文章也。」

秘密藏於內心，本來只是一種恆定而低調的存在；而靈感則是衝破護欄的一股「導隱念、述幽懷」的力量。情懷一時高漲決堤，無法不湧現於皺眉笑臉、筆尖紙面或電腦的鍵盤熒屏，這奪路而出的表達，就是靈感。梁又指出：「『煙士披里純』者，發於思想感情最高潮之一剎那頃，而千古之英雄豪傑、孝子烈婦、忠臣義士，以至熱心之宗教家、美術家、探險家，所以能為驚天地泣鬼神之事業，皆起於此一剎那頃，為此『煙士披里純』之所鼓動。」梁先生或認為，一切偉大功業，無不源於一剎那無可抗拒的感念。人若能主導這「秘密的反撲」而衍生出行動，豈不必定成就非凡？可惜「『煙士披里純』之來也如風，人不能捕之；其生也如雲，人不能攫之」。一切雖由人自己的內心騰躍而起，用雙手卻捉拿不住。因此，我寫作多年，多次和這稱為「煙士」的舞者打交道，喜歡他、接待他且擁抱他，但他來訪與否，我從來沒有把握。

如果創作人靠靈感成事，工作時就好比望天打卦，只能偶一得之，這和寫作人糾纏於死線的生態互相抵觸。不過，梁先生並沒有說靈感絕對無法捕捉，他有說一好辦法，或能得之，這就是誠意正心地追求：「捐棄百事，而專注於一目的，忠純專一，終身以事之也。」說到這裏，梁先生的論述似乎已經達到信仰的境界，有點像我們基督徒對上帝的委身。我佩服他的洞見。其實，在我們的信念裏，只有上帝的靈才可以「煙士披」（inspire）人類，看看上帝如何默示聖經的眾作者就知道了。

我們寫作人，既不能每每做到梁先生所說的「捐棄百事」，也無權要求上帝每一分鐘都強烈地「煙士披」我們的靈魂，因為祂已經賜下人生和信念，還有文字、常識和使用信息侍奉祂的機會。卡拉馬佐夫生下來的四兄弟，《紅樓夢》裏的大堆親朋戚友，豈是百分百依靠靈感而存活於文字世界的呢？依我看，人生經歷的累積和積極深刻的思考才是這兩本書賴以寫成的工具。人可以走的路，就只有在上帝的引導之下建立龐大、複雜、大氣、具體細緻而且可以在裏頭耕種的個人資料庫，要創作時往內心提取。活得馬馬虎虎、只專注於自己的需要而對別人毫無興趣、或人云亦云地借用他人的庫存來轉發者，自然寫不出好作品。

「煙士披里純」涉及特殊經歷，亦即書寫或創作之高峰，可遇不可求；就像聖經裏耶穌登山變像的視野，使門徒震驚。可是，過後他們還是要回到山下傳真道、治病痛和趕鬼魔的尋常軌跡上。生命裏充滿相悖的荒謬、磨人的軟弱和靈界的迷惑，需要天天應付。在尋常光陰裏平凡地活着的意義同樣須要正確地理解。

真靈感來自上帝，告訴我們人的思維和創作可以達到甚麼高度。即使只是曇花一現，靈感的光芒已足夠照出人生精華之所在。但如果我們諸多搞作，存心把靈感馴養於一己的狹小抽屜之內，企圖操控他、擺佈他，他必如風消散、如火熄滅，以後不再回來。靈感不欣賞好名利者的機心，煙士不喜歡強出頭者的算計，他只會以朋友的身份來和你暢所欲言，絕不來談生意、講利益。因此，即使有幸遇見他，歡歡喜喜地和他喝一杯好了，不要勉強留住他，免得他對你生厭。

二〇二一年九月二十九日

二〇二二年一月十二日

風中看人

二〇一八年那個叫做「山竹」的颱風，到了今天，依然痕跡處處。公園裏好些只有半截的樹木，如今旺盛而善良地生長着，樹葉向橫發展，整個看來像哈比人，矮矮的、胖胖的。

不過，人不是樹木，並不善良。人比較壞。當年颱風一來，人性就給對焦放大了。好些人趁風打劫，把護窗黏貼膠卷的價錢大大抬高，要趁着天災大撈一筆。囤積居奇，在古代是重罪，這幾年來，人不但不把此種行為視作錯誤，懂得這樣做的人，還會給看為「精靈」或「醒目」，或者反應快。人的心態已經大變，行為底線消失，只要不犯法的就是「對」，部分人更認為即使「犯法」

又如何，我喜歡就行，從來不理會自己所作的事如何坑害別人。不過，這些店子很短視，街坊以後大概不會再光顧。金錢是萬惡之根，人類貪得無厭，一點沒錯。

在狂風暴雨的巨大殺傷力下，誰在室外都不安全。可是，這種災難時刻，竟然有外籍家傭的僱主命令她放假外出。這些是甚麼老闆？他們對她竟然不耐煩至此嗎？還是不願意在假日「收容」她，怕她破壞自己的節目？新聞報告說到這裏，我實在非常驚訝。生命珍貴，如果家傭外出受傷或喪命，僱主的良心好過嗎？不仁，也是人類本性。

暴風中，紅磡一座玻璃幕牆商廈幾乎所有窗戶都破碎的畫面最是嚇人。玻璃碎開，掉到哪兒去了？沒有插中途人或裏面的工作人員，真是萬幸。這是明明白白的豆腐渣工程。建造這座商廈的人要好好給市民解釋。但幾年過去了，誰出來負責了？蒙混欺騙、不負責任，人類也甚是「拿手」。

當警察和消防員冒着極大的危險到處拯救生命、打通道路，有人卻故意走到街上看風賞雨，還抱住嬰孩、拉了孩子，旨在讓他們覺得「好玩」；更特別來到海浪最大的地方玩耍，像要挑戰大海的怒氣，而且要把全身弄至濕透才算是英雄——說得好聽是來「感受」大自然，其實可能只是想打個卡，讓自己在社交媒體上炫耀。這不是加重了紀律部隊和記者的工作嗎？也有人怎也不肯聽話撤離危險地區，還接受訪問，說沒事的，只要一通電話「他們」（救援人員）就來了。這是甚麼邏輯？救援人員和新聞工作者也是有父母子女的人啊。菲律賓就有人因救人而殉職了。人類自我中心，不顧念他人，老幼皆然。道德江河日下，我覺得政府應該馬上立法阻止類似的行為。

颱風登陸了，但大雨尚未下完。香港的斜坡特別多，風走了，山泥傾瀉的危險才剛剛開始。人性的另一「特點」，就是太輕看大自然的威力了。

二〇一八年九月十七日

二〇二二年一月二十二日

優惠券

你以為你年輕麼？且聽我一言。

其實，青春只是一張寒酸的優惠券，你意識到它存在，想用掉它、得到上面寫着的優惠嗎？那你必須付出很多很多額外的努力。例如你必須購物一百元才可以用掉這五元，而你不大願意付出這一百元。

一百張優惠券合起來，就好像一百個年輕人走在一起；但人人都只有幾元優惠，你要把優惠券湊合成幾百元來買一件好東西，卻是不允許的。售貨員的術語是要「分單」（不是分擔）購買。就好像一萬人聚焦於一點的流行音樂會，每一張票都很貴。雖然最後電視或油管總會重播，而你也能夠說一句：我有去看啊！這意味着甚麼？意味着你當時付了錢，讓我今天可以免費看。所謂的集體回憶，其實一點都不集體。難道你見過觀眾多入場費就攤分了的表演嗎？電子合成的畫面，放在電腦上重溫，就變得扁平無味，像一片冰着的過期蘿蔔糕，實在熱不起來。經驗需要重新購買，於是你又去排隊，而票子也加價了。

大學的美好歲月之所以顯得特別短，正因為那幾年人的經歷是各自各計算的，和中學相比，同學間每日的生活差異會大幅增加。即使是同屆、同班、同隊、同宿舍的人，重疊之處甚少。而且，大學裏有一種勢利眼：三年級的女孩沒有男朋友即被人歧視。在他們眼裏，研究院的女生更只能跟五十歲的教授談戀愛了。暑假前後，才幾個月，大家對你就有了不同的「看」法。劉禹錫詩云：「五夜颼飀枕前覺，一年顏狀鏡中來。」說快不快，說慢更不慢。一年級和二年級的學生，容顏確實已有了很大的分別。不是老了，而是化妝厚了，黑眼圈明顯了。但話說回來，如果我們及早發現失去了甚麼，就抓得住嗎？對不起，知道也抓不住。那是幾個月之內因睡眠不飽而出現在身體和靈魂上的晦暗氛圍，暗暗傳遞着滄桑的信息。

是的，年輕的歲月更是一張因為大意而不知放到哪兒去的優惠券，明知自己擁有它，卻找不出來，因此無法用得着；一天你忽然又看見了它，歡喜萬分，它終於具體地出現在眼前了！你用十指出力地捏着它，但細細一看，哎喲！它竟然過期了。就好像某人不知何時已經由哥哥姐姐變成阿叔和阿嬸了。誰都沒有意識或機會和年輕的自己說一聲認真的再見。年輕的不會說，還可說是年輕的不願意說，而年老的總發現自己說得太遲。優惠券有期限，寫得清清楚楚；青春有期限，卻總是被隱瞞着的。

人應該怎樣善用少年至壯年這短促而華麗的時代？沒辦法。如果有人一早曉得怎樣理解和善用青春，此人就太早熟、太老成、太不可愛了。他必定無法享受真正的十五歲；那即是說，人從沒擁有過甚麼優惠券，人生總總，全部要付正價。

二〇二一年五月三日

當孝敬父母

十誡裏有「當孝敬父母」的命令。我不懂得希伯來文，聽牧者說，孝敬包括尊重的意思，英文是 Honour Your Parents。談到人際關係的六個誡命中，這是第一個。我們中國人也有「百善孝為先」的說法。因為對父母的感恩和情意，我們就能夠對別的老人好。可惜，當今竟有特意到老人院去當義工的人，不知是要去贖罪還是要追求良好感覺——他們回到家裏會欺凌父母或冷落他們。

知易行難。孝敬父母確實是很難的。我自問父母在世時，我的「孝敬」很多時候只是一種理性的舉動，心裏在忙別的事。

年輕人到了某個年歲，就會禁不住看不起父母，尤其是教育程度不高的父母。即使父母讀過書，也會覺得他們反應慢、囉嗦、專制、長氣、脫節……事實上，這也是歲月給漸老的人帶來的衰退狀態。別說很老的父母，很多即使只有五六十歲的爸爸媽媽，也會持續地受兒女的氣。究其原因，他們有的不懂得上網，有的跟隨的 KOL 和孩子喜歡的不一樣，有的看幾十年來習慣了的電視台，有的對顏色的品味比較老套，有的認不出最紅的男團，有的英文發音不夠標準……但這就「罪大惡極」、該被兒女歧視了嗎？新一代喜歡「窒」人，父母被至愛的兒女開口就「窒」，覺得特別難過。剛開始有幾條銀髮的一代，是必須對自己父母「恭順」又必須對孩子「包容」的夾心階層，至為淒慘。

這使今日很多父母和孩子在一起時如履薄冰，有需要和心事重重時也不敢和兒女說。夫婦齊全之日，還可以彼此開解，鰥寡的父母則很容易就墮入抑鬱躁狂的陷阱而無法自拔，和子女的關係也就崩潰了。即使兒女孝順，父母仍不免有時移世易之嘆，哀傷地進入衰老。在城市時空裏，上一輩再不像往時那樣，周遭有幾十個鄰居和親友可以傾訴，這是年華正茂連群結隊地活動的孩子不會注意到的。如果孩子不孝或表現得不孝，他們會極度傷心。孩子的心或已完全裝載着眼前的世界，但父母的心，卻只盛滿了孩子。不幸的是，每一代人都暗自認為自己是最核心的一代，淺見而不自知，可惜這只會令自己更辛苦。

年輕是驕傲的原因之一。驕傲，是因為年輕人在時間上富足，在潮流上佔頭位，面容好看、皮膚光亮而身材標準（吸煙或吸毒的除外），有大學學位，也有恰如通脹一樣發得大大的名銜。不過，很少年輕人知道自己很快就會變成大叔大媽，快得難以置信。「大人們」這「惡稱」漸漸落在他們的頭上，只是他們不知道罷了。自以為二十歲很厲害嗎？請回頭，你會發現初中的孩子正不屑地瞟你一眼，好像在問：你懂甚麼？

兒女出外，父母日夜擔心，卻不敢過問。為了保持家庭和諧，不少父母只敢發個信息，婉言提醒。孩子不在家，老夫婦悲痛時相對嘆氣，憤怒時互相埋怨。暴躁的父母會和一臉不耐煩的兒女吵架，但心裏常常希望孩子還像小時候那麼依賴他們，甜甜地叫他們爸爸媽媽。

對兒女來說，十年是很長的時間，是他們人生的一大截。對父母來說，孩子八歲和孩子十八歲，卻不過轉瞬間的事。一切變化太快，而且年紀越長，歲月的速度就越高，父母很難適應孩子長大成人的速度。孩子八歲的時候，家庭生活吵鬧卻甜蜜；兒女十八歲時，整個心都已經不在了，家庭成員像地球各大陸板塊，漸漸飄離，最後遠得連橋都架不起來。兒女都覺得繼續住在一起呼叫小名過於肉麻，直到他們也有了孩子、不由自主地做出更肉麻的事。他們叫自己的孩子做豬豬、寶貝——卻絕不讓父母這樣呼喚。

有時候，父母老了還要帶孫兒，退休後比之前更忙碌、更勞苦，但體力已經大不如前，大都「周身骨痛」，卻在生活上營營役役，動輒得咎。從來都不講究整潔、不清理家居的年輕父母，為了自己的嬰孩，卻在每一事上要求父母甚麼都徹底消毒，不時埋怨他們太髒，忘記自己小時候洗澡多麼馬虎，令媽媽多麼生氣。最近，更有不少拋棄父母不顧的。我一次遇上舊同學，他在遠足。

我問：「今天不用帶孫兒嗎？」他笑着說：「他們移民了。」我記起他在臉書上抱着孫兒笑得像一朵大紅花的照片，心裏一陣悲涼，知道自己問錯問題了。他們還會回來看爸爸媽媽嗎？幼兒還記得爺爺嗎？我另一朋友的親戚丟下母親一人，自己帶着妻兒走了。我朋友不忍心，就去探望那位單身的老人。可惜，得來的除了一聲例行的謝謝，就是一大堆外地風景照，好像在說，移民到如此漂亮的地方，不枉此生了，照顧我父母的責任就交給你了。

其實，年輕人可以稍微為父母做點事，這是十分重要的。即使被無理責罵，可以沉默不回嘴；回家吃頓飯，可以拒絕賴在沙發上，主動洗一次碗（上了一天班不是「大曬」的）；同住的話，早點回家說句晚安才睡覺，見面首先找共同話題，一同看一次父母追看的老套電視劇，耐心地教他們用智能電話和電腦……這一切，都是晚輩應當做的。中國人比較難說謝謝或對不起，甚至不習慣擁抱，我們或可用小禮物代替。父母收到後會很感動，只是不一定會說出來。對父母好有多難呢？微小的表達就可以為他們帶來巨大的幸福，何樂而不為？

我已經沒有父母了，希望還有父母和祖父母的人，多把握機會孝順和敬重他們，至少不要勞役他們、拋棄他們，破壞他們期待了一生但已所餘無幾的幸福。

二〇二三年一月十八日修訂

影子

看新聞，發現一個新名詞：「影子疫情」。這特指新冠病毒肆虐期間，人經常被迫留在家裏；家庭成員之間的摩擦日增、矛盾加劇，社會上出現比「平日」更嚴重的家庭暴力問題。

細嚼此詞，覺得這種說法實在有點「想當然」。暴力變成了「疫情的影子」，好像在說家裏人行暴，是因為疫情，而非自己的邪惡。其實疫情和暴力看似因果，卻並不一定如此。很多家庭再苦也沒有暴力，而且暴力也不都發生在家庭裏。說兩者也許相關是可以的，說成「影子」就不夠說服力了。有人無故攻擊亞洲族裔（甚至殺死其人），比家暴和疫情的連結似乎更緊密些——但難道種族歧視也是疫情的影子嗎？惡就是惡，疫情不投影，疫情只是指出了惡的影子。影子，是實體的「附件」。家暴或種族間的暴力若不是疫情的附件，社會學家使用「影子」一詞，就太「耐人尋味」了。我認為暴力是實體的惡，疫情是清楚的審判。這麼一來，誰是誰的影子，真的要再想想。

其實，「影子疫情」引起的大惑不解，還沒有美國前總統特朗普口裏的「深層政府」那麼嚴重。深層政府又叫做「影子政府」，這麼看來，「影子」才是主人，實體政府其實只是它的奴隸——它虛弱、平面，缺乏真正的自主能力。原來一眾拋頭露面的政治家才是附件。「影子」到底暗示着甚麼？它的意思是「藏起來的」還是「真正的主子」？我越來越想不通，這太可怕了。

影子，又可看為「相似而並非本體」的意思。假如有人說：「他的作品有某某作家的影子。」面對這樣的評語，這個「他」可真是啼笑皆非了。假設這位某某作家偉大如曹雪芹，影子之說到底是褒是貶，尚弄不清楚；如果這個某某作家只是個三流貨色，則「影子」一定是存心嘲弄對方的意象了。所以，想稱讚別人，切勿說他是某某人的影子，這會令他傷心好久；但你若想故意傷害他，這卻是個非常惡毒的攻擊方法。

「影子」一詞，當然也有它最基本的意思，那就是「光線無法穿透物體形成的陰影」。這意味着光有源頭，一切都有受光的一面，也有背光的一面。人不是光源，偉人和領袖也不例外。光源一顯現，萬物就有了輪廓。無論是家庭關係、政治權勢還是個人對名譽的執着，都在光中露出了真面目。而真面目，才是黑暗賴以生成的緣由。

二〇二一年三月十二日

面對面的離情

在沒有網絡，沒有高速公路、高鐵和飛機的年代，「離情」還是人生的普遍的實況，在香港，誰沒有親人留在華南？我小時候，爸爸和我在香港生活，媽媽和弟妹則仍住在廣州。每次學校放長假，爸爸都帶我回廣州去，他小住幾天就回港工作養家。假期完了，我要和媽媽分開的時候，心裏總是非常難過，卻不懂得表達，連淚都不敢流，怕尷尬。小三小四之時，我一個人回到長洲上學，清晰地感覺到其後一段時間的傷心——那是我人生中首次自覺的情緒低潮。在那個家家戶戶連電話都沒有的年代，廣州和香港的距離，就是天涯海角的距離。

如今，乘高鐵到廣州只需四十七分鐘，比當年由長洲坐船到港島還要快，即使從香港飛到地球另一端的多倫多，也不過用大半天。唐代文成公主入藏，前後走了三年。對比起來，此刻的我們根本無法從交通時間的幅度上去感覺距離。除卻生離死別，地球村上的居民，如果尚有甚麼離愁別緒，那是因為遇上了戰亂或貧窮。若在太平之地，山川的阻隔已經不是相思的緣由了。

但有一種離情，卻是往日不多發生、現代社會天天出現的。那就是大量的感情背叛。當妻子移情別戀、男友見異思遷，分開時孩子的不解不捨、老一輩的驚訝失落，朋友們的關懷，全都牽扯着心靈最痛的傷口。往日的離情，可以用重逢來醫治，今日的別緒，只能通過原諒、適應和忘記來減輕。

比背叛更叫人痛不欲生的，是踐踏所有感情領域的撕裂狀態。幾十年的婚姻，半生長的友誼，骨肉至親的愛，原來都那麼脆弱。政見稍微不同，就可以妻離子散、兄弟鬩牆、師生和摯友都恩斷義絕了嗎？撕裂，比背叛更嚴重，是因為背叛尚有對錯可言，良知的「知」向一方傾側，有人因失去痛苦，有人因慚愧內疚——這些，都有道德的立體感；撕裂，則正因為雙方都用良知來自證，人人手上都有半顆血淋淋的「心」。因為大家都覺得自己的「對」比對方「對」得多，自己的「錯」比對方「錯」得少；幾乎所有經歷撕裂之痛的人都是對自己真誠的，若非如此，人根本不會和對方翻臉，至多酒酣耳熱之時便互相噴口水，之後仍知道彼此敬重。

到最後，核心問題仍然是：誰能夠說自己良心的認知就等同真理呢？可悲，限於視野，人人都堅持這樣想，沒有誰可以說服誰。風雨不同路，炎涼自擔當。我們都陷入了面對面的離情，只能背對背地讓距離日日拉大了。

二〇一九年十月十一日

二〇二二年一月十一日修訂

栗子炆雞也太難

KOL是英語Key Opinion Leader的簡寫，我們也有個類似的名詞，但意思不大一樣，叫做「網紅」，所指卻是類似的人物。一眾KOL應該已經為世界提供很多有用的新主意了嗎？事實如此（例如廚藝的傳播），也不盡如此（例如毫無根據的偽科學）。他們活躍於不同的社交平台、視頻平台和會員制社交媒體。最後一項是要收錢的，因此，一個真正「火紅」的KOL收入很高，故而連神學院的教授也受不住粉絲的「呼召」，開收錢賣文的平台。

三十年前，我通過卡式錄音帶聆聽教導真理的牧師講道。那時候，我初信基督，非常渴望認識上帝，每次聽見他們的教導都有恍然大悟的驚喜。除了書本之外，基督教書局也會售賣很多名牧的錄音帶，我是忠實顧客。到現在，我還有一部卡式帶錄音機，珍而重之地放在盒子裏。不知這些牧師算不算 KOL。他們和今天的基督教 KOL 有一明顯分別——老牧者們講的是耶穌的救贖，眼下有許多卻只會講「信徒」愛聽的話，少提聖經，假如引用聖經，也只會各取所需地拿聖經做個人體會或政見的論據，忽略聖經的話本身就是論點這事實。

我們身處「油管」時代，好牧者老了，可幸他們的講道錄音都放到網上，和不好的一樣隨時可以聽見。在網絡上，不但有證道、釋經、聖經考古，還有全本書朗讀出來的免費書，以及各種各樣的生活知識、藝術課程、運動比賽和電影劇集。為了得到知識和娛樂，我們甚麼都看。「油管」知識之多，使人驚訝，從「怎樣用水彩畫樹木」到「地平說」到十分搞笑的「羅渣叔叔談西人炒飯錯誤」都有。愛小動物的有貓狗魚鳥，好旅遊的有導遊，找好吃的有食家品評和各種食譜，讀不懂托爾斯泰的有教授解說，連教人怎樣下降頭的都有，幸好也有記錄牧師趕鬼的片子。

但是，真正使人着迷甚至中毒的，還是今天論政的KOL。無論他們提出的看法多麼毫無根據、多麼胡說八道，只要他們說中了粉絲心裏的仇恨、追求或幻想，不斷給他們希望，說話時略帶點「型格」，那麼即使天天說錯話，即使估計甚麼會發生、甚麼就必不發生，即使引用古籍錯漏百出、連作者都說錯，也必定紅起來，因為聽的人知道的更少。仔細觀察，他們大部分（意味着不是全部）不是「有見地的人」而是「把很多平庸人的想法盡量講述出來」的人，其功能是鞏固其平庸和助人「洩憤」。他們的跟隨者並不知道KOL不會像孔子、佛祖一樣調整人類的價值觀，只會盡量刺激凡人的愛恨來走紅。因此這些粉絲甚至願意給KOL錢，去繼續聽「順心」的話。

有時連聽幾個KOL，他們立場鮮明、內容相似，沒有意思。於是我就去聽對立陣營的，唉，還是一樣地偏頗、重複、撒謊，例如在英國大大爆發疫症時說「英國根本沒有疫情」，結果自己和家人都染疫了。不過，兩個陣營的資料真是南轅北轍、各走極端。很明顯，兩組粉絲都非常懶惰卻忠心地支持他們的KOL，又給「心心」又送「手臂」，還不斷扔給對立一方大量的粗口。他們說的可是世界大事呢！民粹的力量幾乎甚麼都做得到，這和我追求知道如何做好番茄炒蛋的需要層次差距太遠了。對我來說，雖然大量視頻教路，但怎樣剝開栗子依然過分地複雜，何況劏雞做菜？師傅們的方法又都不盡相同，我不可能逐一嘗試。結果，我自然沒吃到栗子炆雞，只能繼續叫外賣。但對很多人來說，政治卻那麼容易、那麼就手，真是匪夷所思。

二〇二一年一月四日

腦海模糊的荒島上——再談讀書

我是在確定自己一點都不愛看書之後，才開始思考閱讀的。這一年，我和以往不一樣，只緩慢地、重複地讀着一本書。那本書像一連串必須記誦的密碼，為了安全的緣故，它們給抄寫在我腦海模糊的荒島上。儘管躲起來了，書還說着提醒的話。除了這一本，我在想，我是不是還該讀書。

我有時會對自己說：「管他呢？我已經退休了。只要腦袋不退化，生活上可以自理已經很好了。」我正為防疫飯餐頭痛，走進廚房。肚子埋怨我，腦袋也埋怨我。

腦袋說：「我沒有學問，很餓。」肚子答：「最近過世的大教授多有學問啊，還會梵文呢。但是，還不是得走就走？他走了，學問都到哪裏去了呢？而他在應付這一輩子的需要時，能力比你目不識丁的祖母也許更差一點。」於是我繼續做飯。我想着文化累積、傳承和推廣的問題，這是多麼艱難無私的工作啊。

我戴着近視加散光和老花的漸進眼鏡。為了看來更像個讀書人，我只會穿襯衣，有時還會扣上第一顆鈕扣，這樣，連我吞口水時的頸項動作都看不見，我把秘密守住了。從小到大，我都聽從一種說法，就是閱讀能使人變好、變聰明、變得更有地位。我相信了、試過了，期待着自己的語文水平、學問和應付世界的能力都好起來——不過，我只變得更驕傲和更恐懼。

那一年，我大學畢業，發現自己和真正懂得讀書的人在庫存上有一大段落差，決定急起直追。三十歲前，我為自己設定書目，在小小的因為貧窮而無法變大的房間裏，我用盡方法建設書架，增設紙箱，把床腳墊高，用所有空間掛衣服甚至球鞋，然後把衣櫥變成書櫃。我的日常生活，於是都搬到書本的核心範圍以外。我把梳洗打扮的東西盡量減少，工作時才在小小的廳子裏打開折疊桌，睡覺漸漸睡到廳裏的沙發上，夜裏卻一直失眠；因為房間傳來書本的嘆息。它們因長期等待着主人來翻閱而變得邋遢、寂寞、荒涼。

以前我還會花時間和花錢來逛書店，企圖追趕最新出版的書來翻。可是，我一面買書一面和書本疏離。我開始忘記自己買過的書和讀過的書。買了，就有讀了的錯覺；讀了，就有懂了的錯覺；勉強懂了，就有專家的錯覺。每次想到這裏，我都打從心裏顫抖。書本在我的小房間裏滋生，一本接一本地無性繁殖。有些書是恐龍，不由得你看不見，《論語》正屬此類；有些書是螞蟻，但你也必須看，因為那是近來流行的，不看和朋友沒話題。有些書是擋路的大樓，你不能說你看不見，例如托爾斯泰和莎士比亞；有些書是花朵，你為了保持禮貌呵護讚美，例如朋友送給你的他們的作品。我像一架陳舊的挖地機在硬土裏苦苦寸進，卻不忘扮作美麗的游魚在陽光燦爛的海底的珊瑚叢中玩樂。我對我的孩子說：讀書不是參加旅行團，是一個人在墾荒。

人生苦短，其中可以拿來閱讀的時間更少了。我是在開始思考閱讀時，才確定自己是一點都不愛看書的，除非那是神聖的書，或極好的書。

二〇二〇年十二月九日

2

風入四蹄輕

漠河

中國地圖看起來像一隻公雞。漠河在最北方，是雞冠頂上的一粒小痣。要親自到這一點上來看看，頗不容易。我們先得從香港飛到長春，再乘高鐵到哈爾濱，然後睡一覺，等到第二天才乘搭小飛機到黑河，下機走走，停留一會，再飛到大興安嶺西邊的漠河。漠河值得我們這樣長途跋涉地來看嗎？我不敢說，這一程小飛機我卻是頗為喜歡的。那是一架螺旋槳飛機，機身只有旅遊巴士那麼寬，上機時只需走幾個梯級，不過那梯子搖搖欲墜，走起來吱吱有聲，驚心動魄，很好玩。大家「膽粗粗」地扣上安全帶，航天小巴起飛了，也頗為穩定。突然咔嚓一聲，全機人都嚇得往外張望。原來它剛剛收起輪子，啊，輪子是安裝在機翼的引擎下的，是不是生鏽了？一個動作就這麼響亮啊。我對國內航線孤陋寡聞，自然感到飛機比景點更好看。東北的天空剛下過雨，藍得耀眼，比幾年前看見的西藏的天空更清潔。因為旅途「艱險」，我對於快要見面的漠河期望不低。

但如果不是旅遊業界的熱烈推介，誰會想起漠河呢？漠河不是一條河，是個縣級市，總人口八萬六千多人，最大的特點是它乃中國最北的人口聚集區。這個「最北」，就是漠河的唯一賣點。因此小縣裏無論甚麼地方、甚麼東西都標榜一個「北」字。其實，漠河以北就是赫赫有名的黑龍江。龍江對岸，是更北、更北、更北的俄羅斯南部——對，是南部。對到過俄羅斯的遊人來說，這個「北」字實在沒有甚麼吸引力。

盛夏至此，我更感受不到「北」的呼喚。其實，所謂全國最北，也不過比倫敦的緯度高兩度，而離開北極圈還有十三度。以「北」為旅遊焦點，我覺得頗為不智。換個角度看，我們最北的地方（大概就是俄羅斯最南的地段），竟然可以如此富庶，當日「北大荒」變成了今天的「北大倉」（糧倉），不是更值得驕傲嗎？至於極光，我建議不提算了，看得見的日子根本少得可憐。

夏日的漠河給人的第一個感覺是髒、亂、刻意，建築粗製濫造，高舉旅遊道具而忽略日常生活。老百姓看着遊客的眼神，不算友善，也不算冷漠，卻不是沒有好奇或期待的。其實漠河的天然景色非常美，但到處新建的大量「景點」卻妨礙視野。我們住的酒店，坐落在一個龐大但人工造成的「村子」裏，更老實不客氣地叫自己做「索金」大酒店。此村膽敢名為「北極村」（離開北極可還遠着呢），來到這裏，聽說最有意思的就是各種「找北」活動，例如你可以尋找中國最北的人家、最北的哨所、最北的郵局等地標，找到了，排隊與它們合影；打卡完了，此村就再沒有多少好玩的地方。漠河旅遊當局，難道沒想過她怎麼北都在蘇格蘭以南嗎？

有趣的是我們真的來到了全國「最北」的郵局。此郵局又自稱為全國最美的鴻雁投寄站。我們看見的，是一座木建築，前面有一個頗為標致的墨綠色郵筒。往裏面走，很意外，我們竟然看見一棵放在最當眼地方的聖誕樹，估計它的「樹齡」已有數載，早就鋪上了幾層厚厚的塵埃（不是雪）。上面的彩色佈置褪色了、走音了，卻還在六月天時高調地掛在樹上。牆上貼了幾個聖誕老人的大頭紙牌，讓人誤以為現在正值隆冬。其實國內根本就不慶祝聖誕節（民間自行玩樂，不算在內），但這個是郵局呢，公營機構在盛夏搞聖誕派對嗎？我們想把兩張明信片寄回香港，導遊卻說，別寄，會遺失的，打個印，自己拿回家去吧。原來還是個徒有虛名的機關呢。這個郵局其實也不小，只是真正處理郵遞的，不過一個櫃檯，另外的櫃檯都是在賣藍莓乾的。人頭湧湧的地方，總有幾種自稱能治百病的食物。

說到吃的，我們那天的午餐吃的正是「魚宴」。魚，是黑龍江新鮮打撈出來的，理應甚是鮮美。不過東北人烹調魚的方法也真單調，一是炆，一是煮，我們廣東人喜歡蒸、炒、煎、炸，他們都不做。因此，五六種魚吃起來都差不多，腥臭未除，肉已經都煮爛了。我們只覺得浪費了新鮮美味。碰巧那個餐廳其實是河上的一間船屋，屋子外四面還有陽台。外面陽台上幾個頑皮孩子在繞屋賽跑、奔走喧嘩，我們搖搖晃晃地對着各種魚發愁，都停箸了，免得不慎吃着骨頭。

但是，只要看遠一點，黑龍江的華麗就在眼前。江水雅靜，天傘凝光，對岸茂密的樹林鋪滿山坡，那兒就是俄國了。聽說俄國人不答應和我們共同「開發」岸的那邊搞旅遊，是因為要保住天然景色。我聽了肅然起敬。

國界在哪裏？國界就在黑龍江的中央那汩汩流水之中。那道水確實是黑色的，但不是因為河道污染。黑龍江沒有污染，反而因為河床的礦物顏色比較深，河水才如此特別——那是藍黑色珍珠的顏色，亮亮的、涼涼的，天一放晴，就像在黑珍珠上面打上了高光。

我們的小船沿河走動，好幾次分明過了中線——進入俄羅斯境內了。我們有點興奮，也有點擔心。但這條河的美，不是一般中國河道能比擬的。雖然不寬，但很精緻，俄羅斯那邊眾樹青蔥，春意盎然。東北河道裏，大概沒有比黑龍江更晶亮美麗的。

黑龍江上有一個沙洲，一到五六月，就開始長出青草，形成一大片草坪，上面長着許多檸檬黃色的單瓣野花，原來那是野生的罌粟，當地人會採回家去做湯。走在這個大大的沙洲上，有一種在歐洲散步的感覺。不知我們是不是已經踏進了俄國小說的春天裏？

漠河室外全縣禁煙，但室內可以吸煙。那是因為漠河曾經全面陷入火海。一九八七年五月六日至六月二日，黑龍江省大興安嶺地區發生特大火災，燒了幾乎一個月。當時香港的新聞也有報道。是次災難，焚毀中國境內一千八百萬英畝（相當於蘇格蘭大小）的林木。火舌無疆界，當時蘇聯境內的森林也損失慘重。漠河小縣整個葬身火海。那時國家動員九萬多人撲救。如果不是當地人口疏落，傷亡一定更加慘重。如今漠河和附近一帶的防火口號很多；不過，我還是看見工人蹲在郊野的小木橋上使勁地抽煙。

一九八七年的火災，大興安嶺的樹木幾乎都燒光了。漠河縣西林吉鎮內有「大興安嶺五．六火災紀念館」，裏面的展板指名道姓地說那是工人在林區吸煙造成的。雖然已經過了三十年，漠河一帶的林木依然矮矮的，沒有想像中的參天古木，只有一片新綠。火災之後，國家用飛機撒種的方法重建植被，如今眼前是亮麗青綠的一片生機，非常悅目。很難想像，這裏的植物每年只有八十多天的生長期。冬天何時才謂之過去？聽說等到最後一場大雪在六月初下過了，夏天才到。八月未完，冬天又重來。短暫的綠色生命到底是如何知道自己必須努力生長，好趕在千里冰封之前開花、結果、留後代的呢？萬物都使人驚訝。

從平地崛起的四五層觀景台像個蝸牛那樣歪歪斜斜地站在那裏，跑上最高的一層，眼睛觸及的千頃萬里全都是嫩芽新葉，遼闊的濕地彎彎的亮出一條小河。其實不必搞甚麼北極村，說甚麼看見極光（遊客都有被騙的感覺），單是這一片充滿生機的濕地，就已經夠看頭了。

從觀景台走下來，親自走進濕地裏，又是另一種味道。在瘦長的白樺樹中間，不同種類的花草樹木填滿了眼睛。但至為矚目的，不是活生生的樹木，而是當年給火災燒成枯木黑炭的斷枝殘幹。一半深黑，一半蒼白，扭曲成藝術品，隨便掉落在一片新綠之中，大的有整棵樹那麼大，小的像根拐杖，都紋理清晰、色彩鮮明，赫赫留下火舌的動作，使人嘖嘖稱奇。三十多年過去了，在苦寒之地，它們並沒有腐朽，反而成了大自然的雕刻，使人嘆為觀止。

難得一見的，反而是隱藏了身份的滿族同胞。民國以還，甚麼葉赫那拉氏、烏拉那拉氏、鈕祜祿氏、佟佳氏、瓜爾佳氏……都少見了，滿人很多都改為姓馬、姓關、姓佟、姓郎等，生活上也基本給漢族日漸同化了，外表上根本看不出來。真難以置信，一百多年前還是清朝呢。真不知該為漢族的日漸強大而高興，還是為滿族文化的自然消淡而傷心才好。

在沒甚麼特別的漠河待了兩三天，離開時竟然有點依依不捨的感覺，因為我知道自己在短期內再也不會回來了。青綠的漠河，大部分時間應該是白色的——希望有機會見到她這另一面吧。

二〇一八年七月二十日

布達拉宮

西藏，到底是甚麼樣子的？在我有限的明信片想像中，青藏高原是這樣的：深橘紅色飄蕩的僧袍和停不住的風——仰鏡拍攝——藍得不真實的晴天和講英語的達賴喇嘛……我也說不清楚。恐怕我入藏，只是為了看一看那種未為人類干擾的原色，浪漫一下、任性一下、虛榮一下。是以我一直以為布達拉宮前面是一片草原，人跡罕至，那兒會有一個藏族老婆婆回眸一笑，五色彩裙和長長的白髮辮子一起旋轉過來，臉上皺紋潔亮而強韌，頰上反光之處長着兩片高原紅……

到我終於住進了拉薩的香格里拉酒店，已經入夜了，高原首府依然明亮。

氣還在喘，客房的窗頁玻璃上赫然出現了奇幻的色彩。拉薩夜燈通明，窗口對正的布達拉宮給透明的紫藍、朱紅和水白燈光打扮得非常現代。西藏，已經進入高度的「電子文明」了。我卻因此有點不自在：是因為自己的獵奇心態得不到滿足，還是任性地讓自己高高在上的大都會人優越感在心裏運作？而眼前正是拉薩，一個幾百萬人口的大城市。

我倚着酒店窗子那片大玻璃，對準西藏高原的「明珠」不停拍照，動作不大，卻有點無力的感覺。西藏給人的第一個挑戰是高山症。明天在高山症的陰影下爬樓梯，會是怎樣的？布達拉宮是藏傳佛教（格魯派）的聖地，一九九四年列入世界文化遺產。這個建築的色彩十分獨特：紅、白和適量的黑，非常奪目。基本上對稱的正面，加上了不完全對稱的長梯和斜坡，頗具現當代設計美。一時之間，我沒看出這建築的基本類型來。回家看照片，才發現它和古代美索不達米亞的通靈塔本質上是同一風格的。

這些古代建築，都是宗教廟宇，使人深感驚訝的是藏傳佛教的建築和中東古巴比倫文明的廟宇如此相像。它不像漢族那些藏身於參天樹木的灰牆褐瓦，也沒有山崖上若隱若現的尖角飛簷，更沒有把上山的石磴收藏於野草的心思，反倒和中東的一樣，露出大大的長長的樓梯，以凸顯迂迴登塔崇拜神明的艱苦和虔誠。聖經裏的巴別塔，大概就是這種模樣的吧？其實香港人的商場也不遑多讓，建築師莫不參考了這類建築的「取長捨短」，用糾纏在一起的扶手電梯使遊人向各大名店連連叩拜。

如今成了博物館的布達拉宮以前不但住人，且是帝后的居所，是我們敬愛的文成公主的家，更兼具宗祠、廟宇的作用，裏面供奉了很多達賴（政教不分時代的達賴也就是王）的金身。狹窄的通道上，香火排擠了僅餘的氧氣，站在那兒聽講解，需要有不錯的心肺功能。如今有了電燈，室內比以前看得清，但總體來說還是暗暗的；金身統統稱為菩薩，卻未能自行發出亮光，加上煙火瀰漫，遊人都無法辨清各王的面貌，只知道五世到十三世的達賴（六世被革除教職是例外）都坐在靈塔裏。每個金身都給玻璃保護着，玻璃很高，人無法攀過，卻可以把許多紙幣搓成一團扔到裏面去，這是一種偶然興發的求福方法嗎？還是宮裏管理人員的真心示範？錢幣和紙幣零星分佈，但遊客只能給，不能取。估計晚上就有人來收割。布達拉宮的博物館功能卻沒有得到旅人的充分尊重，遊客大部分都變成既來之則拜之的善男信女，宗教氣息主導，展品身份不彰。作為龐大的文物，布達拉宮似乎還未完成「變身」的程序。藏族文化仍然是藏族文化，但為了遊客帶來的巨大收益，敬虔的和一般的信眾，似有不一樣的追求。

每一層通道拐彎之處，我們都會看見一些小僧人，初中生模樣的，三五成群坐在一起「當值」。他們拿着手機（不知是蘋果、華為還是小米）偷偷地戳，偶然抬起眼睛看看遊客，就算是上了班。他們的臉線條柔和，人尚未發育，眼睛黑白分明，聽說他們是會講英語的。好想和他們說說話，但這是不容許的。我和孩子四目交投，發現他們活得頗為輕鬆愉快。細細的交頭接耳，沒發出甚麼聲音，不知說的是藏語還是普通話。

嚮導介紹，他們由孩提啟蒙一直讀到第十三班畢業，學歷就等同俗家的博士學位，我雖不明其故，但覺得這比較直接快捷。十三班，不是只等於我們當年的大學預科那種年資嗎？一下子就跳到博士水平，實在驚人啊！我看見這些孩子個個眉清目秀，都是聰明絕頂的小朋友，不知是不是僧人學校的教育特別好，還是選人特別嚴格。他們的課程制度很嚴密，強調實學，要求孩子專精、背誦。到了高中，主修的科目也很多，用我們的話說，除了兩科宗教理論，還包括了醫藥學（藏族醫學）、工藝學（例如繪畫唐卡）、語言文字學（例如英語）等非常實用的學科。在香港，考進神學院或佛學院的，一般須完成中學甚至大學本科課程才開始修讀。藏民小男孩卻是從小就走專業路線，但我未曾經歷過他們的教育，不敢肯定這是不是事實。最令人羨慕的是他們的辯論訓練，只惜是次入藏沒有遇上。西方傳媒常說藏族文化沒得到中國好好的保存和發揚，在我看來，這可不是真的；然而，只怕政府的努力「護教」和對藏民的福利，也擋不住剛好在拉薩放映的最新一部《美國隊長》和觀眾手裏的冰凍可樂。美國製造，才是無孔不入的文化殺手，劣幣來勢洶洶，在老藏民五體投地、三跪九叩的零星身影中，不斷把年輕人抓走，哪怕他們已經進入了佛學院。

布達拉宮遊人極多，基本上堵塞了視野，想仔細參觀是不可能的。除非來到東邊的「寂圓滿大殿」。全殿面積超過七百平方米，是個很大的空間，中間豎立着四十四根方形的、上窄下寬的大柱子，每一根都有精細的設計。殿內到處有雕刻圖案，裝飾極其華麗。寶座上方有同治皇帝賜下的「振錫綏疆」金字匾文，一八六七年就鑲在那兒了。振錫，指僧人走路時手杖響起金屬的聲音；綏疆，即「安撫疆土」。這大殿於一六四五年建成，本身就是無價的文物。這也是後世達賴喇嘛坐床、舉行親政大典等重要活動的地方。在這裏，我們可以想像宮內的高僧和重臣每次集會的盛大場面。

不過，布達拉宮的室外，才是我覺得最美的地方。各層的平頂陽光普照，以白色為主，窗框大都是粗線條的黑色長方形，分為四格、六格、八格等，各有小簾子，簾子上有藏民的圓花圖案，鮮活奪目，好像仍有人住似的，實情有沒有？我不知道。平頂上還養有小盆栽，在巨大的布達拉宮內，它們顯得微細，卻充滿生命力，花葉用不同的角度反射着天色。某個平頂上，我們還看見一個圓形氣孔，小不盈尺，邊緣磨得滑滑的，像洗臉盆兒。原來那是下面那一層的小天窗。這設計給我非常深刻的印象，不但實用，更讓我浮想聯翩。不知道裏面的小公主，夜裏仰頭的時候會不會看見一兩顆星星？特別愛看哪一顆？室內供人膜拜的偶像太多，我們會因此錯過其他東西，例如天空。

室外，布達拉宮的建築美特別吸引。畢竟，古代宮殿的內部總是那樣的不方便，凡爾賽宮、故宮和布達拉宮全都不及我們有抽水馬桶和熱水的今日中國民居，我並不羨慕文成公主和建宮的松贊干布的日常起居，反倒喜歡酒店的氧吧，這正是現代人給寵壞了的現象之一。

未幾，我們來到室外一個牆上的圓形圖案前面。這圖案精細多色，僅僅兩英尺直徑，是藏傳佛教的六道輪迴圖，看來有些失修、脫色之感，裏面畫上了天、人、阿修羅、畜生、餓鬼、地獄這著名的六道。它的教導和一般佛教的沒有甚麼巨大的分歧，但有一點，卻特別配合藏人的需要。原來，藏僧和其他僧人不同，他們是容許殺生的，因為生理上需要葷食。青藏高原上面沒多少食物，空氣稀薄，僧人和常人一樣，需要熱量，單純吃素無法健康地生存。因此，他們吃肉。路上，小小的豬（還不夠芝娃娃那麼大）和小小的豬群（一家老小）走來走去，是藏人養的，小時當寵物，大了做食物。然而，僧人要吃肉的話，也必須有符合佛教原則的理由。聽說，這是落入畜生道裏的小豬小羊，如果趕快往生成為人類，就可以更早領悟佛理；這麼一來，宰殺牠們其實是一種功德。如今青藏鐵路開通多年，把林林總總的高熱量素食運到高原再不是問題了，這個吃肉的習慣不知會不會戒掉，變為吃牛油果營養餅。

離宮比進宮容易，因為那是下坡路。此路開闊易走，沿途房頂起伏，有樹有窗，給人清幽自在的感覺。布宮宏美，此處卻甚是舒服。偉大的事物霸道地使人驚嘆，微小的東西卻以王道仁慈地讓人喜悅。

我們往宮後的公園走，路上一面研究布達拉宮的紅色是怎麼來的。原來那些紅色的地方，都是由小小的乾草捆紮而成。這些草枝叫做白馬草（又稱白瑪草），經過打理、曬乾、紮好、堆疊，就可以成為通氣、輕盈而堅固的建築材料。建好後，髹上藏民特別喜歡的深紅色就完成了。它讓建築物地台的壓力減少，而且使住在裏面的人感到空氣多一點、涼快一點——我們總記得，這是青藏高原，空氣比黃金珍貴。我們看着就感到神奇，因為它看來是那麼單薄的東西，每一支只有半公分直徑，建宮多年，卻沒有變形，全都圓鼓鼓的靠攏在一起，留出微細氣孔，卻仍能抵擋風雪。近看，它們給人奇異精緻的磨手質感；遠望，它們組成一片一片近乎童畫的藏紅。無論黃昏、清晨還是深夜，布達拉宮都因着這些白馬草而顯得華麗耀眼。入宮時，我看見一位高大的僧人在他飛揚的袈裟下配上了一雙 Adidas 紅羚羊跑鞋，搭配一絕。在西藏的諸多顏色裏，這紅色具有非常現代的品味。

二〇一九年四月十日

但願人長久——四十年來奔撲，三千里外停車

中學畢業後，同學四散。留在原校升讀中六的，不過八分之三。也就是說，同學大都離開了。

那時的中六，叫做預科第一年（lower six），中七叫做預科第二年（upper six）。後來，就簡化成 Form 6 和 Form 7 了。如今，連這兩個班級都沒有了，只有中六。因此，誰在言談之間用 lower 6 一語，你大概就猜到這個人的年紀了。預科仍在一起的同學，自然比較相熟，畢竟在同一級求學達七年之久；尤其是考進同一大學的，消息略通，但其地位，也很快就給大學新知取代了。到了三十出頭，大家來往就更少了。那時，人人都生兒育女，每星期的活動是根據孩子的節奏來安排的，年輕的爸爸媽媽忙個不停，很少聯絡；偶爾見面，也

不會有甚麼後續活動。本來幾個幾個一堆的少年人，價值觀也漸見分歧，親密程度隨着越來越少的聚會急促下滑。堅持環保用帆布袋的大女孩，發現當年穿着同一校服的最好朋友，如今只肯帶幾萬元的皮手袋上街，當年一同到內地交流的男同學，如今一個進了工會搞運動，一個進了銀行當投資經紀。於是親密成了客氣；道不同不相為友。一百六十人，一個當了AO，一個投身反對黨；一個閒雲野鶴，一個日理萬機；一個懸壺濟世，一個久病成醫；一個生養眾多，一個單打獨鬥……看新聞時熱心的程度不同，指罵對象不一，即使住在同一屋苑，甚至相同的大廈，電梯碰見也知所分寸地一同研究天氣，最多扯到氣候顛倒、恐襲頻繁，所屬樓層就到了。拜拜只一聲，世事兩茫茫。家境較好的，也許會在國內最多港人光顧的哥爾夫球會遇見；從事教育的，不時會在甚麼校長會裏碰頭；醫生的 hello 地點則是大醫院或甚麼中建旺中；政府裏的更只在幾幢大樓離離合合、去去來來。一句話：畢業後的我們猶如水銀瀉地，無孔不入；可惜一孔一世界，一洞一乾坤。意外相見，都因「塵滿面、鬢如霜」

而怯於相認，更何況眾胖親肥，難怪都「縱使相逢應不識」了。

我是個悲觀主義者。散入海潮如滴墨，存身風火似粉塵——這就是中學畢業的真實劇目，年年在每一家學校上演，演出時演員都忍住不哭，後來卻都再沒有哭的衝動了。不過，滴墨滴到海外的，卻凝聚不散；存身存於異國的，總經常聚會。最近到悉尼二周，竟然見到了十位師友。可能只有深諳天涯滋味者，才會盡心盡力地「海外存知己」；領會各散東西者，始知珍而重之地「天涯若比鄰」。移居異國的同學，人數最多的城市是多倫多，然後依次是悉尼、溫哥華、倫敦和美國西岸兩大城。當年移民的原因人人不同，有的覺得西方世界比香港有前途，有的覺得香港樓價太貴，有的在海外讀大學讀出了對當地的歸屬感，有的為了逃避一九九七，有的為了逃避某某人，有的為了婚嫁，有的為了忘記一次失敗的婚嫁……總之都走了。但走了之後又再回來，回來看父母、找工作或者往祖國投資。父母老了，又不懂得講英語；孩子太小，卻只能夠說洋文。活在兩代之間，回憶中的文化和生活裏的現實格格不入。這幾年來，多得一位熱心且堅持的好同學悉心安排，每逢級友回港，我們都出來一聚。在地方不算淺窄的酒樓裏，我們握手、擁抱、拍照和偷偷地熱淚盈眶。一頓晚飯過去，生活即恢復正常，印象中的他和她大大地變了樣子。她胖了（那是她最害怕的），他禿了（那也是他最害怕的），他們都滿面皺紋了。

畢業匆匆四十年，今天，同學一一都退休了。這時，這些開心的聚會忽然又多了起來。「無情白事」地巧立名目，總之務求一聚。紅酒在聚，海鮮在聚，胡說八道的在碰杯之後繼續胡說八道，努力 update 的自拍之後堅持努力 update。除了見面，聰明電話裏的組群也一一發展起來，組長一看，嘩，這還了得？黃色藍色加起來不一定是綠色的，於是一見政治討論就開口禁止，只惜禁而不絕，惟有另闢論政組群，最終卻發展為投資策略討論區；家裏有人病了的，就順道在網路上向各專科醫生同學提問。此外還有藝術小組、旅行小組、私房菜小組和基督徒小組等等的組群，其交流之頻率，或比在學時更高。當年不大相熟的，如今透過小小的電話屏幕，竟然甚麼都談了。

不過，細心的人，還是會看得出今昔分別的。以前用花名或全名稱呼的，今天都變了字母縮寫。我是 YC，他是 KK——慢着，哪一個 KK？太多 KK 了，要連姓一起呼喚；往日叫中文名的，現在忽然都變成了英文。陸續出現的門徒使徒名字、逐一亮起的英文法文暱稱，使我常常認不出正在說話的是誰。漸漸知道了更多，卻又覺得不知道更好——最近，竟有幾位男同學在比賽心血管內的支架誰最多！他們還說要成立通波仔組群呢。

最近一次，一位攝影大師（當然也是好同學）召集了十六人，齊齊到雲南去看風景。於是有的從多倫多歸來，有的從溫哥華抵達，有的從新加坡和美國飛回中國，一眾老同學於昆明聚集，坐上了一輛簇新的旅遊巴。攝影大師悉心安排，讓我們在十一天內走訪了整個雲南的東部。成行之前，竟然有人問中國有沒有可靠的 Wi-Fi，有人擔心內地的食物安全。我搖搖頭，大家對中國的認識太六十年代了。有人的不安理性得多——憂慮自己的腳力，更有人數算雪山的海拔，也有人步步為營，因為個多星期之前才做了心臟小手術。

開車的師傅是大理人，姓段，自然給我們取笑，得名「段王爺」。稱呼裏雖有「爺」字，段師傅其實只有我們一半的年紀。然而，同學聚在一起，一息之間又有了少年時候的喜樂。我們在高聲回憶：你是1A的，我是1D的，大家在十二三歲就相識了。那還算得上是童年呢。喘着氣（心肺不好）走上山路，又喊着痛（膝蓋不好）走回山腳的我們，一路胡亂說話、胡亂搞笑，頗有點旁若無人的放肆——不過無論我們如何扯盡喉嚨，在中國，這個團還是很斯文的。是因為南方人的聲帶太薄，還是因為母校的教育太好？我不知道。

攝影師同學雖然和我們同班（還是我的鄰座），但他的身體狀態大概不到四十，顯然高估了我們這些「正常人」。他在十天裏安排了四天的看日出活動，更需一天比一天早起。最後一次，竟然要我們凌晨三點多就起來。最後，我們造反了——大半人堅持睡到七點，終於暴露了退休人士的微妙身份——從高床軟枕爬起來，賴在酒店吃早餐。攝影師同學雖然給氣得半死，無奈只好繼續給我們另組新團，希望下一次在江西觀日成功。

團中有醫生，他第一個服用了高山症的藥，結果未上山先肚子痛。團中有校長，她很理性地留在三千五百公尺休息，我們努力勸說，她巍然不動，等待我們下山。團中有剛做過通波仔的植物學家，他堅持與我們走上了四千公尺，撐了半天，山上雪封，沒有植物可以介紹。團中有心理學家，他習慣不大顧及生理需要，竟穿了Clarks便裝皮鞋來走結了冰的路。團中有一個人，平時很厲害很鎮定的，上到雪山，竟然嚇得從頭到尾在尖叫。那就是我。最後我們只好手拉着手，一連串的像中一時在School Camp玩遊戲或跳土風舞，手都握痛了，才走完了那兩小時的路。滑倒了三四個，在沒有痕跡的冰面上，幸好沒滑出甚麼傷痕來。哈哈大笑之後，一行人在一道透光的結冰瀑布前面安靜下來了。我們的感情也好像仍然停在中一那最末一段的童年裏，不含雜質。輕淺的藍色白色，校服的光影，在一個遙遠的雪山上通透如夢。我們舉起照相機，又拍了一張同級照。

二〇一九年

印象中的三個湖

提起中國的湖泊，第一個跳進記憶的是羊卓雍錯。光聽這藏名，強烈的語言陌生感即時讓我悠然神往。「羊卓」，是「上部牧場」的意思；「雍」義為「碧玉」；「錯」就是「湖」。對旅人來說，這充滿牧歌味道、原始而單純的名字本身就是一種意外的收穫。漢族百姓稱之為「羊湖」。沒想到親眼看見「羊湖」之時，她給我的震動何止千萬倍。那時站在山頭上，看着斷崖下這長型的湖，不知是碧藍還是粉綠，還是二者之間的幻變糾纏，她的色調完全翻新了我對湖水的概念。四面的山坡散發出偏向橙色的土黃，乾燥、簡單，卻艷光四射。我站在山巔，只覺得千仞之下是一小片變調的晴空。其實羊湖的湖面高達海拔四千四百四十一米，我們喘着氣站在更高之處往下看，有分不清天地之感。

若是藏人，羊湖冠絕全國的顏色可以常常看到，因為西藏天晴的時候多，口照長，雨也多在夜裏下。相對而言，長白山的天池卻難得一見。光是名字，長白山就引得我動身北行。天池是山巔的湖，那是火山口積水而成的、全世界最深的高山湖，水深達三百八十四米，實在匪夷所思。長白山的冬日一山盡白，湖的面貌就模糊了，因此我們挑六月來訪。但到達了北坡那串登上觀景台的木梯級之下，還是沒辦法肯定天池會露臉。因為短短的一段登山路，長白山可以送你極大的太陽，炎如盛夏，氣溫高達攝氏二十幾度，讓登山的人滿頭大汗；也可以瞬間使你變成落湯雞，教你一身濕透；有時還會發大脾氣——擲下黃豆大的密集冰雹，不但打痛你的臉，東北的嚴冬更一時間籠罩而下，使人無處可逃，十指凍僵。我們有幸，在一小時之內三者都遇上了。再說，即使登上了觀景台，因為湖面常有雲霧，要遇上雲海不難，但要看得見湖水，機率可謂小之又小。不過，在那片白雲掩至之前，我們清晰地看見了天池，還看了幾分鐘之久！那是一種超凡的經歷，池環在幾百米之下捧出一片透露着柔光的紫藍色，如同寶石。火山口的懸崖峭壁是棕灰色的，寸草不生，冷峻而固執，全都以強者的姿態直接打從湖水直豎而起，與水面的柔和深邃形成強烈的對比。天池之美比羊湖內蘊，也比羊湖耐讀。我們站在高處，心裏充滿感恩；傳說江澤民三次來長白山都沒看到。

國內第三個讓我難以忘懷的湖是大明湖。劉鶚筆下的大明湖，是他「忽聽得一聲漁唱」低頭發現的，當時他的感覺是驚艷：那湖「澄淨的同鏡子一般」，千佛山和樓台樹木，都「格外有了光彩」。然而，到我們親自坐到觀光船上，感覺卻完全不同。大明湖老了，少了青春氣息，可能湖底的青苔長得太茂盛，一湖的水都變成了深綠色的漿液，再沒有半點清澈。經過了百多年，濟南大了，明湖小了，她給一個公園密密地包圍着，遊人來來回回地繞着湖岸畫圈，湖邊有大媽在跳舞；「一城山色」中的山色漸少，「半城湖」也說錯了比例；

大明湖從一篇優美的散文隨着歲月滑出，落入現代文明的強力擠壓中，給壓成一滴過濃的淚。

二〇一八年八月十日

記憶裏的兩條河

童年時，聽長輩談肇慶，我撿拾零碎，以為肇慶就只有七星岩一件東西。後來親訪，始知肇慶最叫人難忘的原不是翠湖與山石，也不是爸爸的同學、雕塑大師潘鶴的傑出作品，而是沿着西江伸展九點二公里的羚羊峽古棧道。原來用腳描出河道的鈍角，是大享受。

珠江是中國第三大江，分支有東江和西江。羚羊峽古道最早由西江的縴夫踩踏而成，每一步都是逆水「行」舟的血汗和呼喊。此道古連通兩廣，上世紀中已經荒廢了。修復後，幾年前重開，大受歡迎。沒有多少上落，幾乎是走平路，走來惠風和暢、天光溫柔，很舒服。

走此棧道，要麼往東，要麼朝西，開步前得選定在上午還是下午起行，否則逆光而行，會覺得刺眼。此路居高臨下，當發現西江江面寬敞而水質清澈，青山對出見流雲活潑，航運頻繁說江速合宜。夕陽稀薄，江面一片金黃，暮色未至已先鍍上隱約的粉紅，有一種繁華而又高雅的氣質，江上每一艘小船都連接着大都會燈火的呼喚，和大自然的祝福。

珠江之能夠躋身中國三大江河之一，全因龐大的西江水域。西江是全國第二重要水道，僅次長江，此道平靜安穩、載舟有力。這美麗的水系源於雲南，古稱鬱水。「鬱鬱蒼蒼，若在雲中」，使人浮想聯翩。漢、魏、南北朝時期的鬱水包括現今廣西的右江、鬱江、得江及廣東的西江。水深鬱而不凝滯，立於古道之上，讀江如讀敘事的古詩，令人心曠神怡。

廣東省另一大河，不在粵西，而在粵東。那就是流經潮州的韓江。中唐時候，韓愈於此執政八個月，成績斐然，是以此水不再沿用員江、惡溪、鱷溪等舊名，改稱韓江。

話說韓愈很有原則。公元八一九年初，唐憲宗要將釋迦牟尼佛的佛骨迎入宮中供養三日。那時整個長安朝野都落在宗教狂熱之中。韓愈逆鱗表態，以〈諫迎佛骨表〉勸天子珍惜國家資材，指出古代高壽的君王均不信佛，信佛的反而國祚不長，更引例說明佛陀並不保護國家：「唯梁武帝在位四十八年，前後三度捨身施佛，宗廟之祭，不牲宰，晝日一食，止於菜果，其後竟為侯景所兵逼，餓死台城，國亦尋滅。事佛求福，乃更得禍。由此觀之，佛不足信，亦可知矣。」憲宗看後怒道：「愈言我奉佛太過，猶可容；至謂東漢奉佛以後，天子咸夭促，言何乖刺邪？」於是他像小朋友在發脾氣，下令把韓愈處死。他陛下信佛，竟然這樣行事，看來沒甚麼慧根。韓愈朝中友好不顧危險，陳言力救，韓愈才撿回一命。雖能脫難，他卻給貶為潮州刺史，可謂險極。

韓愈到任見江邊鱷魚傷害人畜，於是寫了〈鱷魚文〉，命牠們「南徙於海」；其實此文根本沒有驅鱷功能，卻有效地指桑罵槐，喝令惡人收斂；估計因為這個新官如此誇張，眾人就加把勁捕殺鱷魚了，各種人間大鱷也害怕得暫時消失。

韓愈雖喜辯論，但豈有真和鱷魚「講數」之理？潮州人敬重他，不由於他懂得鱷魚話，乃因為他首先止住了鱷患，還興修水利、改良農耕，又立例讓奴隸存起工錢來贖身、還其自由（有點像聖經裏的律法）。他更把有學問的人請來當老師，興辦教育，使人民得到各種向上流動的機會；從此，潮州輸出的進士人數大增，羨煞旁「州」。潮州人從此再也忘不了韓愈——他們把眼前的江水稱為韓江，把對面的山頭叫做韓山，就連著名的廣濟橋，也暱稱湘子橋——韓湘子是八仙之一，乃韓愈侄孫。

今日的韓江水質上乘，一看就感到其清潔，市區內也當然沒有鱷魚（若有，早已變成了貴價的包包）。沿江而行，視野開闊，散步者眾。江水微藍，色彩不張揚也不單調；這水，盈盈托起灰褐淺綠、亭台密集且大名鼎鼎的廣濟橋。

此橋乃江上瑰寶，始建於南宋（一一七一年），最初的觀念是「造舟為梁」，即先打二墩，然後把小船橫泊成路，讓人馬踏步通過。此後每一個世紀都經過修建改造，如今已有多個橋墩。有趣的是這些橋墩的建築年代、大小、高矮、形狀不一，其上還各有橋亭，因為建造時代和風格都不同，看起來錯落有致，具現代設計美。亭前均掛上名家的匾額楹聯，要全部讀通的話，一整天都過不了橋；光看書法，也可以看一星期。橋的中部尚有十八隻小船，以繩子聯繫起來，維持浮橋狀態，踏足其上，有浮動的趣味，也有安全的信心。這些小船每天會往兩邊分開一會，讓大船通過。這一開一合，揮灑靈動，好多人就伏在岸邊欄杆等着看它們操作——對着韓江，說說英俊的韓湘子，紀念一個好官。就這樣，廣濟橋暗暗指向韓江邊上的城樓，而那，正是紀念韓愈的小小博物館。

二〇一九年十二月七日

荔枝角公園

我是個懶人，只求方便，不多上山下海去尋找大自然，來來去去都只帶着手提電話「落街行公園」。漸漸，我開始熟悉公園的哪個角落種着哪一種花、哪一類樹。我知道那十多棵楓香分佈在哪兒，知道非洲楝的樹皮長甚麼模樣，知道黃槿的深褐，和他長着稜角的「枝」態，我知道紅花風鈴木比黃花風鈴木早一兩個月開花，然後在黃風鈴落下之後再開。

進公園前，大廈下面的花槽佈滿了桃紅色的月季。一次我看見一個菲傭姐姐在逐朵摘下，我阻止了她。她摘去泡茶？此地花很多，摘去幾朵沒有人發覺。她是識貨之人，但不該這樣做。我禮貌地請她離開。

公園大門兩旁的花泥上，種的是馬纓丹和近色的秋英，秋英又叫做波斯菊。秋英花大而馬纓丹花小，葉子卻剛好相反。院內的樹木，有春天開花的羊蹄甲，夏天綻放的大花紫薇和清潔美麗的黃金雨。我還看見血桐、非洲楝、白千層、台灣相思、黃竹、火焰樹和九里香，以及許許多多大半年都不起眼的木棉。大葉榕原來又稱黃葛樹，這是我原來不知道的。洋紫荊長得特別高，生命力很強，給「山竹」折斷，又高速從根部長起來，一叢一叢像小桌子，上面供奉着花。

杜鵑已經開了。粉紅，純白，橙黃；單瓣和重瓣的都充滿喜樂。藍雪花脫穎而出，說不出的驕傲。大麗花呢？明艷照人卻喜歡躲在葉子下。

公園裏有翠鳥、紅耳鵯、鴿子、小麻雀、紅嘴藍鵲、黑領椋鳥和各種候鳥，當然還有雪白的和深灰色的綠領鴿子。春天來時，有些鳥兒會在後腦長出求偶的長羽毛，帥得很。最近，一隻翠鳥常來，拿着單反機的兩個初中生，叫她做小翠。今天小翠沒來，小男生失望地改去拍攝梅花。梅花小小的，也很受歡迎。另一邊的吉野櫻總叫人違反限聚令。紫紅色的逆光三角梅也有畫家坐在那裏畫。嬰兒車，小孩的腳踏板車，老人家的輪椅，全都在轉動它們的輪子，重重覆蓋對方留下的軌跡。

我最愛看枯葉。枯葉很美。下午三點，聰明葉變成半透明陽光夾子。我拍背光照片。這一刻，葉子像黃綠色的燈籠，葉脈為飾，比甚麼都美。

有時春末夏初，工作人員或會拿出些繡球來擺放，她們未到四月就開花，由鮮嫩到衰殘，過程不斷，有些花瓣先枯，有些堅持艷麗。紫陽花瓣個別地美，也群體地美。五月落盡，我隔些天就給她們拍照。繡球的凋殘方式很具體，不要錯過。

公園裏另有公園，那就是著名的「嶺南之風」。那個園內院子，按中國南方庭院設計，一點不俗套——因為用的全是灰褐色木建築，雕樑素棟，細緻而精美，沒有俗氣的紅牆綠瓦，特別讓人發思古之幽情。翠鳥，也只在這有水池的地方停息。橘紅大地磚上是通透的木牆斜影，鴿子大咧咧地走過，有人餵食，不知人世艱難。院內栽有落羽松，冬春之際，他們像幾把火照亮平靜的湖水。

院內荷花不多，夏天開綻，一面開花一面枯黃，有立體感，不像佈景。水池四角因此都有參差的枯荷倒影。水塘中間的睡蓮到了冬日仍盛開，讓人忘記荷季的短促。分不清睡蓮和荷花的人其實不少。芭蕉舉起橙調粉紅色花朵，還有很多我叫不出名字的，使小小華南庭院成為古裝女子聚集拍照的地方。中國人古裝很多，但印尼人古裝更多，最多的是攝影師。偶有西式穿戴的新娘子，即在冬日，也衣衫單薄，有時會披上伴郎的西裝。

整個荔枝角公園是很大的，它像一個曲尺，一邊長度大概六百米，共有十七萬平方公尺那麼大。來得多了，我連人也開始認得了。當中有長氣袋好搭訕阿叔（他們總藉故問我相機好用不好用，然後迫我去看他蘋果手機裏的花——不止一次，這樣的大叔也不止一個），有抱住英短小貓來散步的中年女士，還有許多剛剛學走路的幼童。當然有問我明天還來不來、要和我再詳談一小時的八歲小紳士。嫲嫲，爺爺，婆婆，公公，媽媽，爸爸，「姐姐」也到處都是。跑步的人從後面撞我，因為我要避開迎面而來的那個。

只有假期我是不來的，還是把公園留給來紮營睡覺的外傭吧。

二〇二二年一月二十五日修訂

落花

「落紅不是無情物，化作春泥更護花。」龔自珍的體會，固然是物理上的真相，也是精神上的真心。我住在很大的荔枝角公園附近，幾乎天天都看得見花開花落。我發現自己最喜歡的不是春天的黃風鈴與紅木棉，或夏天的大花紫薇和豬腸豆阿撥勒，而是已經飄落的枯花，或者地上變成各種色彩的落葉。它們失水扭曲、委屈折疊，但紋理更突出、色調更含蓄。每一種花的枯萎方法都不同。茶花太沉重，未開就墜落，墜落時緊緊地包裹住內心，沒有人明白她在想甚麼，猶如襁褓中的孩子連臉都不肯露出來就睡去；相反，玫瑰太坦白，最深的傷痕都呈現出來了，本來微彎的花瓣露出平行的摺痕，粉色深化成棕綠，像一個老淚縱橫的母親在等待兒子的過程中忽然看到了自己不堪的鏡像。大頭茶成串落在溝渠裏，潔白不減，有時甚至露出暗暗的幽藍，金黃色的心依然磊落光明。洋紫荊一飄落，就五瓣分離，各自炫美，偏白的瓣腳和紫紅的瓣沿像是來自兩個不同的源頭。

我最喜歡黃槿的落花。黃槿能忍受一定的鹹水，可以生長在公園，也可以自由自在地於無人的海邊壯大，長成為非常英偉的喬木；有時她也能橫生，樹幹稜角分明，漸漸把地盤和視野推闊，九龍公園那棵真的很大、很寬闊。她的花直徑有半手掌大，花蕾卻細小得很，幾乎看不見。因為樹幅甚廣，我們抬頭找花卻不容易找着。花的黃色不像檸檬果的黃那麼熒亮，也不像大黃花或黃蟬的那麼高調。黃槿的黃優雅而自信，好像和紅色和綠色都有盟約，讓這些色調細細滲透。黃槿總是自顧自地華美着而不求欣賞。她落在地上，我撿起時抬頭尋找，總找不到她辭枝之處。我喜歡五瓣的黃槿朱紅偏紫的心，像一個古老民族把引以為榮的血統聚合在靈魂的最深之處。

當別人的鏡頭對着盛開的時花，我就去找完全不合時令的生命。於是我看到了一不開花就毫不突出的紅棉，也知道杜鵑的葉子很小，無花時的杜鵑只是矮矮的綠色方形灌木，可做圍欄。我知道竹子原來有黃、黑、紫、綠和藍等顏色，竹幹粗細不一，竹節的長短也有很大的分別。當羊蹄甲的粉紅和純白成為陽光下耀目的花雨，我知道她們都在結果，然後自然地撒種。我曉得楓香三角的紅短暫，我知道紫薇秋葉的紅綿長。她由秋冬紅到春盡，紅進快將放紫的夏日。

落花最後都枯萎成同一種顏色，她們的身體留在泥土上越久，和泥土的認同就越深。泥土因她們而變得潤澤，她們最後成了泥土的一部分。我常常單膝跪在公園無人角落的泥草地上拍攝落花和落葉，陪這些友人走過她們的最後一程。

我常在公園逗留很久才離開。我不做運動，卻順着萬物的運動流動。我只是走路，如今已經走到了黃昏。我是當年從滑梯高速滑下來的孩子，一次又一次重新回到最高點。這一次，卻決定回家，我的攝影卡幾乎要滿了，裏面記錄着的盡是落花和快要落的花。

二〇二一年四月二日

死嬰驚魂

在中國某個一級大城市裏，一位年輕女性抱着很小的嬰孩走進地鐵車廂。坐着的男人馬上站起來給她讓位。她坐下，手臂保護着孩子，深情地看着他。其他乘客瞥見那麼小的嬰孩，都好奇地瞄了一下。那BB睡着了，動也不動，大家也沒理會。過了一陣子，女人用手逗弄孩子的嘴唇，唇瓣有點動作，但人還是不動。眼利的人漸漸發覺那個孩子根本是不會動的，但從臉色、質感和體型看，那明明是個初生嬰孩啊！可惜越看越覺得他沒有生命，像個死嬰。大家開始感到不安了，不免偷偷再看幾眼。誰會抱住一個死嬰走上地鐵？

我們這一代女孩小時候都喜歡玩洋娃娃。我八、九歲時也常常拿着一個便宜的塑料娃娃，好像她是我女兒。其實那娃娃的樣子比我還成熟一點。我沒有研究過玩洋娃娃的心態，只記得那時有個娃娃能帶來某種安慰和榮耀，我也可以學做大人照顧她，幫她換衣裳、梳頭髮、擦臉龐，就像玩「煮飯仔」一樣，大人常做的事情我們可以學着做，但心裏很清楚那是個玩具。當時，洋娃娃的樣子都很可愛，我們又沒有甚麼別的活動，得到一個二手三手的娃娃，就玩上好幾年。除了真的洋娃娃，我們還會用厚紙剪出一個身材甚好的少女，然後畫些時裝、泳衣等給她「穿」上，以此舒緩我們窮家女孩物質缺乏的心理狀態，也滿足我們的創作欲。

後來，荷里活電影裏拍了好些用洋娃娃做主角的恐怖電影，使人對她們望而生畏，渴望得到洋娃娃的小朋友就少得多了，媽媽們也不怎麼買塑料娃娃；無數更新鮮、更有益的玩具也相繼興起，玩洋娃娃不再那麼盛行了。不過，近幾十年來，芭比娃娃和椰菜娃娃仍分別有過熱潮，只是如今已經不怎麼見得着了；代之而起的，是仿真度極高的矽膠嬰孩，而這些矽膠娃娃竟然是孩子以至成年女性的新興玩意。

這些「嬰孩」不全然是由工廠生產的，工廠只造其基本身體形態，但他們造得十分精細，上乘的產品，連腳趾都可以逐一挪動，娃娃的五官和脖子上的皺紋、掌紋、碎髮等，則個別由「藝術家」逐筆畫上，因此每個「孩子」都與別不同，也賣得很貴。

這些「藝術品」每逢送達買主的家，都有「開箱」儀式，網上拍攝收禮物的人開箱檢出娃娃來的視頻，竟然多得難以想像。好像買主真的生了孩子，親朋要到她家來聚會拍照，或錄像留念，然後放上「油管」，以饗網上粉絲。說來使人驚訝，粉絲可多着呢！這一天，買家要成為「媽媽」了，玩具送達家門，「媽媽」接收。對她來說，那是個大日子。她先要拿孩子的衣服用品（例如實物大小的尿布、奶瓶等）出來，逐一向着鏡頭大聲讚嘆，然後才可以細心打開包住娃娃的軟料，一面拆封一面興奮地尖叫。從此之後，「媽媽」就要天天照顧他。娃娃有名字、有重量、有「出生」時的一切資料，樣子和真的嬰孩幾乎沒有甚麼分別，媽媽的手輕輕點撥其唇瓣，孩子就會「動」，塞進奶嘴，裝了奶的奶瓶就有節奏地一推一推，娃娃會一下一下地「啜吸」牛奶——只是他不會長大。「媽媽」要定時餵哺，要換尿片，校好鬧鐘大清早起床抱他吻他，否則你就不配玩這種娃娃了。當然，她還要繼續花錢給娃娃買新的衣裳、帽子、鞋子和玩具，不斷為他加添日用品。這當然是生產商精心佈的局。你一旦「入局」，花費可大了。

這些娃娃永遠處於你最喜歡的某個年紀和狀態。假如你不喜歡初生嬰孩，可以選擇四個月、六個月、一歲半、兩歲……總之，甚麼年紀和相應的體積都有，衣物配套一應俱全，最重要的是你必須買一張真實尺碼的小床給他。很多女性就把這樣的一個「兒童」養在家裏。她們部分是有幾個「真」孩子的，那娃娃是一家人的玩具——不，是他們的家庭成員。不過，你只需給他買日用品，這樣的孩子不用教育、不必給食物，他不會生病，也不會哭鬧得讓你抓狂，不會進入少年期反叛地駁嘴，是個毫無麻煩的寵「物」。如果一個不夠，你還可以買雙生兒，甚至連體嬰，或者買幾個不同年齡的放在一起，當作他的兄弟姐妹。

玩這些「死嬰」的媽媽，會為「孩子」編毛衣冷帽，會交換「孩子」來「養育」，會在網上彼此讚美對方的「兒女」有多可愛，大家都很有愛心。網上且有文章，說養着這樣的一個「嬰孩」會增加「母親」身體裏的催產素，使女性覺得舒服好受。也有人說這是訓練未來母親的最好方法。更有人指出，假如某位母親失去了真孩子，這些「嬰孩」可以撫平她心靈的傷疤，乃情緒良藥云云。聽說也有母親用他們來預備自己的真孩子去接受將臨的弟妹。這些論述，只說好的地方，估計都是玩具商找人寫的。

不過，想到這裏，心裏竟然有點寒意。畢竟，如此像真的娃娃確不是人，而是死的。一個死嬰，隱藏在千百個活生生的乘客之中，使人毛骨悚然。

二〇一九年十月二十四日
二〇二二年一月六日

從關愛座說起

自從交通工具上設置了關愛座，問題就來了。大家主要問：這特設的座位該由誰來坐？這麼一問，某些人就有了某種「權利」。我們首先想到長者、病人、孕婦、兒童、傷患或抱着孩子的人，這看法似乎很合理。然而，對平日總在心底栽培着一點點「義憤」的香港人來說，更重要的問題是：「誰不該坐——而他／她竟然坐在那兒？羞！」心裏頭的怒氣一時對焦了，觀看的人就暗暗激動、偷偷自義。

其實關愛座之所以出現，是因為人心裏已經沒有真的關愛或禮貌。假如關心弱者、愛護老小真的是普遍的感情，本來坐着的總有幾個會自行站起來，把位置讓給有需要的人，那麼，關愛座基本上不需要設置。如今這兩個座位紅彤彤而濕漉漉的好像新鮮的豬肝放在那裏，彷彿要警告站着的、強壯的乘客——看你敢不敢冒着全人類的不屑眼光一屁股坐下去——於是關愛座很多時白白空着，沒有人坐，挑戰着人的面子、膽量和驕傲。不過，這樣的日子過去了。如今，關愛座一般都坐着人，尤其是青、壯之輩。我問過一些年輕人，他們說，關愛座空着，是在指控他們不會讓座，這種想法惹他們生氣，不坐白不坐，故而坐了。

其實誰最需要關愛照顧？不舒服的人，即使年輕，也可以真誠地說一聲、「我有點不適」，就該有人讓座。可是誰敢說？誰相信他？於是不適的依舊不適、健康的依然坐着。因為化了妝而臉色紅潤、其實正在發暈的OL不敢坐，因為她無法證明自己正在天旋地轉。六十多歲的長者（例如我）剛好染了時髦髮色，戴着口罩，「看起來」年輕，也或不敢坐。假如我讓自己的屁股往紅色的硬鋼慢慢挪移、悄悄坐下，必一下子惹來敵意的嫉妒目光。此時，我氣惱自己的童顏，又沒有藉口拿出身份證來給對方查驗。這說明了人心的距離、自我的封鎖。這種封鎖微小，卻是密集的、彼此擠壓的、隨時爆破的。

已經可以使用兩元乘坐各種交通工具、在老與不老之間站着的我很疲倦，其實好想坐下。忽然，一對母子爽快地跳到關愛座上面去。孩子十歲左右，是個小胖子，好動，在紅色的椅子上轉來轉去，一口響亮的童音。母親年輕，樣子顯出很慶幸有位坐的快樂。不知怎的，大家的鄙夷忽然都消散了，變成了絕望。孩子有權坐，母親有權照顧他。

此刻，我認為最好還是不搞甚麼關愛座，這樣太突出我們所欠缺的關愛之心了。而且，關愛別人的時候，也得小心。記得爸爸在生之時，我和他乘地鐵，其時他八十開外，而我也快六十了。有人讓座給他，他卻指着我說：「坐吧。」我說：「人家是讓給您的。」當時他反應很大，大聲說：「是讓給你的！」爭持之間，位子已給填滿了。不想坐的老人原來也大有人在，但我們怎麼分辨得出來？

我也得到過照顧。一次，一個七八歲的孩子用普通話對我說：「阿姨你坐。」他站着的媽媽用眼光嘉許他。我坐下了，一方面因為有位子坐而心生感激，一方面因他叫我「阿姨」而非「婆婆」而開心。我用普通話對他媽媽說：「你們是遊客嗎？」那位媽媽用純正的粵語回答我：「係呀，從廣州落嚟。」我一聽百感交集。在沒髹上紅色的真正關愛座上，我為好母親和好孩子高興，也為我們的下一代不再自然地說母語而傷心。我對孩子說：「多謝曬，你真乖。」

二〇二一年七月十三日

《延禧攻略》——龐大而複雜的童話

若投入地看，看完了七十集的《延禧攻略》，必定已經整個人陷進去了。我發現自己必須迅速復原——首先，精神上要從故宮搬回美孚的家裏，不可再住在那華麗的宮殿群中；節奏上要逃離騎馬坐轎的清朝宮廷，回到連地鐵都嫌慢的今日香港，追回這失去了的幾十個小時。

《延禧攻略》故事的時間跨度超過二十年，宮中戲劇化的變遷使人咬牙、痛快、悲傷、唏噓。年紀只有高中生大小的少女魏瓔珞，為了報姐姐遭人先姦後殺之仇，入宮為繡女，輾轉成了皇后身邊的大宮女；後來寵愛她的皇后因愛子遭害而自殺，形成了一段新的仇恨，魏瓔珞又有仇要報了，因此繼續留在宮中。後宮恩怨太多，無法盡錄。最後，為了得到最大的「靠山」去對付惡人，魏瓔珞順着乾隆的渴望，成了他的寵妃，「壞人」一一清剿了，她更為乾隆生下好幾個王子公主，自己也帶着從不見老的美貌，過着「幸福快樂」的生活。這是典型的童話。

沒有人會在童話裏過分探求深度，因此我們不會對此劇感到失望；也沒有人會在偵探小說一般的宮鬥劇裏追求龐大的智慧，因此我們也不覺得這作品太膚淺。老實說，《延禧攻略》好看極了，不是高端文學的那種好看，是說書人講故事時說到上天怎樣警惡懲奸的那種好看。

報復，總是充滿快感的。因此，每一次看起來「有理由」的報復若然成功了，都會大快人心。這是常人的看法，也是「人不犯我，我不犯人；人若犯我，我必犯人」這哲學所要表達的價值觀。魏瓔珞和很多人的生存之道大抵一樣，因此，觀眾都喜歡她，包括我。饒恕得罪自己的人七十個七次，固非宮中常態，亦非人類特點；保羅在羅馬書裏說：「不要自己申冤，寧可讓步，聽憑主怒；因為經上記着：『主說：申冤在我，我必報應。』」（羅馬書 12:19）更不是自然反應，而是要人類「違反本性」勉力去學習和實踐的一種崇高態度。可惜，沒有上帝的人生不可能是立體的，報恩和復仇都只是在同一平面上平衡人際關係的無奈手段。

因此，我們知道人不該像魏瓔珞或眾后妃那樣活着。不但不該，而且不能。我們若像她們那樣行事為人，早就死無全屍，更莫說「死後且有審判」了。魏瓔珞每天都在「踩鋼線」，而且只要能達到「對」的目的，就可以用「錯」的手段。此事君子不為。客觀環境稍微不遷就她，她早已粉身碎骨了。我們或會問：為何客觀環境總是遷就她？為何英俊高大的傅恆或聰明絕頂的皇上一定適時趕到？答案是「講古不得駁古」，說到底，無論怎樣把童話複雜化，把多少個年輕漂亮的巫婆加插其中，童話還是童話。

魏瓔珞另一個使人看着就振奮的地方，是她總能在紫禁城內那全無平等觀念的地方，創造出一個又一個平等的小宇宙：階級平等、長幼平等、男女平等。看畢全劇，你就會發現她和誰說話，都能不亢不卑，開闢出一方絕不傾斜的美景。她可以與皇帝、皇后講條件，卻讓婢女和太監都直呼她的名字。她把孝順她的永琪王子看成嘮叨的「娘」，把下人和下一代視為玩伴。現實世界裏，這是不會發生的事，卻是我們渴望的。所以，《延禧攻略》的吸引力極強，一旦看了兩集，就只能在大結局那邊才走得出來。

但那是個沒有上帝的世界，只有一個完全不管用的、被利用的佛祖。在戲裏，佛祖是很多歹毒之人用來掩飾自身邪惡的面紗，圓滾滾的佛珠在各大美女的指頭之間有節奏地往後退，害人的詭計也就滑溜溜地誕生了。故事裏，乾隆皇帝就是「上帝」，且看他天天「急急腳」奔走於後宮諸位美女之間擔任「審判官」之職就知道了。但他這個「上帝」知情不多，又總是嫌煩、老是錯判，受各大家族權力的拉扯束縛，而且他驕傲、愛玩，更特別好色。可是除了他以外，那個小天地裏就再也沒有其他權力核心了。太后健在，但她的權勢也只收牽制之微效。整個作品中都沒有絕對的真理——相對的「道理」卻很多，而且聽起來都振振有詞，在這方面，編劇值得一讚，怎麼能把彼此不相容的話都寫得那麼有說服力？這真是詭異，而且後現代得很。唯一一次朦朧現身的「天埋」，是瓔珞逼着裕太妃當天發誓說她從沒殺人，裕太妃果真違心起誓，結果慘遭雷擊。看到那一段，我不禁想：魏瓔珞要操控的竟然還包括雷公呢，那麼，把皇帝和對手玩弄於股掌之上，有甚麼困難？對了，魏瓔珞這個小姑娘，確實是十分 manipulative 的。

故事好看的另一原因，是天天有高潮，而且主角處處絕境逢生，讓人一直追，一直罵，又一直冒汗，冷場極少。當然，圍棋的棋局亂擺，內務府忙得滿頭大汗的太監其實只是在高速地把幾個番茄擺來擺去，讓我們看得笑翻了，但那也很有趣啊。

故事裏的主角都有點惡俗的聰明，卻不能說是有智慧。《延禧攻略》的偵探味道頗強，吸引力亦與此有關，在這方面，編劇功勞不小；愛情故事的感染力也不俗，瓔珞和傅恆，海蘭察與明玉，都動人心弦。我認為描寫乾隆皇帝對瓔珞的患得患失，最是有趣——直到最後，他還是只能在瓔珞的心裏排第二，雖然漸漸地向着第一走去、充滿希望，可惜到了劇終還差那麼一點點——瓔珞把來生奉獻給傅恆了。至為感動我的一條副線反而是親情、友情線：愉妃生下金瞳嬰兒，孩子險遭生葬，瓔珞救了他們。愉妃最終託子於瓔珞，使我流淚。其他的宮廷鬥爭，相對地陳套。

看完了，我在想：我這樣的人若活在紫禁城裏，既不能繡花，也沒有美貌，轉數慢、體力差，連辛者庫都無法立足，一定「死梗」。記得兩次旅行得以進入故宮，出來時都差點虛脫了。想想我今天家有空調設備、電飯鍋和洗衣機，有暖水沖涼，樓下有十三四家食肆和數個超級市場供我選擇，更有幾個菜市場，我還可以上網或親身旅行看世界，包括遊覽真的故宮，實在幸福。當然，我們還有上帝的保護，這才是重點；否則，我們的人生全都要加上「攻略」兩字了，這多麼累人啊。

二〇一八年九月十一日

預言

預言，就是把尚未發生的事情先說出來。人碰上「預言」一詞，無法不深受吸引。預言若都是真的，意味着我們已經有窺見未來的機制，好奇心得到滿足不在話下；早一點知道惡事來襲，還可以做好準備以應付「未來」所包庇的強大對手，趨吉避凶。

預言不指常規事。人人都可以「預言」明天地鐵會一如往常地開動，市民都可以按自己的計劃來上班、上學；也可以預言下星期自己和誰吃晚飯，因為早就約好了。但這些都不是「預言」；只是命中率接近百分百的推算，或稱合理預期。這也說明了為何身處和平地區的人，比住在充滿變數的戰地的難民更容易「預測」明天。這些都是常識。

準確而具體地預先說出發生機率甚低的未來事件，才算是及格的預言。人若能精確說出明天地鐵管道會因為大地震而全面塌陷，或下星期本要與你吃飯的朋友因為老闆急召而未能應約，而且屢發屢中，才可以稱為預言家。

承載預言的架構是時間。沒有時間，就沒有「過去」和「未來」；沒有「未來」，就沒有「未知」；沒有「未知」這個誘人窺探的空間，預言的魅力就消散了。然而在眼下的時空，「未來」確實存在，假如當中的大小事情皆可預知，豈不印證了使人心寒的宿命論？為了化解這種使人灰心、「躺平」的結論，我們開始了更多的猜測。「平行宇宙」、「未來人」、「穿越之術」、「虛擬現實」等種種探索越見流行。然而，無論預言因何精準，給牽涉在其中的渺小世人，聽着預言家順帶一提的道德教訓（要和衷共濟、愛護環境等），總還是有被動和無助的感覺。

況且，即使一切都是命定的，描述未來的資訊若非由那位終極的佈局者發出，人又怎能準確知道未來的特別事情呢？不同的人會告訴你不同的「偷窺未來」方法，因為人世或天空總有洩漏天機的言語和符號——或釋放這些符號的靈體。飲茶的人看茶葉，撒錢的人讀錢幣，指掌的人論手相，讀臉的人說五官，至於西方的玻璃球，則是要花錢來買的道具，略遜一級。指涉世局和愛情的星象，是其中最受歡迎的，只可惜如今光污染嚴重，星星都看不見幾顆，遑論星圖了。其實西方、中東、南亞、中國都有觀星的傳統。他們各自為天上的體系命名，星的稱號雖然不同，卻同樣「可觀」。說來有趣，雖然其預言的內容也包括南半球人類的命運，不過他們觀測的只是北半球的星空。觀星者認為星球的位置和走向不但能反映全世界的情況，且能大大左右個人的命運。精通此「術」者言之鑿鑿地引用引力、磁場、弦線等「科學」理論來證明星象預言非常合理。這些名詞很能嚇唬沒有科學訓練的人。為甚麼大至全球災難，小至人間情愛，宇宙裏的星星都懂得集體地、同心地在迴遠的宇宙角落運行且組成圖案，發放光芒，細緻地向地球人說話？一炮而紅的神童（如今是少年了）就是用當地觀星術來預言二〇一九冠狀病毒的出現的。只是印度污染厲害，不知他家鄉的空氣是否特別清潔，讓他有觀天的立足點，也不曉得他是否看着電話裏的星圖就懂得地球上的一切變化。不過，他後來的預言已日見籠統模糊。我只能說，星星的生滅與運動所組成的平面圖像如何和世情扯上關係，實在不靠譜。一位老朋友曾告訴我，他做娛樂記者時，只需把舊的星座資料抄寫一次，就交給當時的娛樂雜誌刊登，總編從不考證。這當然只是極端例子。我不是完全不相信觀星者的「知識」，只是想問，是星星要說話，還是有人要藉立體星空的平面圖像來說話？誰在後面提供這一類「知識」呢？人只問誰的預言最為靈驗，靈驗過幾次的，我們就深信不疑、趨之若鶩，而不問其淵源法理，豈不愚昧、危險？

但如果天上有主持大局的人，一切就豁然開朗、大大不同了。到底「誰」在主持大局？「誰」佈置了時間和空間？「誰」把星星放到那個位置，又用各種能量讓它們往這邊走、到那邊去？發預言的人，資料是堂堂正正地從這個「誰」的授權得來的，還是剽竊到手的呢？假若婆羅門和佛教的因果輪迴機制無人設計和監察，為何竟懂得運作？以甚麼樣的賞善罰惡的準則來推動？諾查丹瑪斯的《諸世紀》和李淳風的《推背圖》若接不上靈體的電源，所知何來？今天的「未來人」和「神少年」能分析棋局而不識棋手，不會感到恐怖嗎？外星人要比我們優秀多少，才可以固定或預測我們每一個人的命運？用他們的存在來證實預知未來是符合邏輯的，只不過是在把「第一因」無限地往後推的動作。

聖經裏也有無數的預言。聖經的預言家叫做先知，他們是上帝的發言人，預言未來，只是呼籲人類回歸上帝的手段之一。他們的主要工作是叫人悔改，使未來的苦難不要發生。可惜人類大部分時間都充耳不聞。約拿書卻記載了一次先知成功的事例。先知約拿向自己痛恨的民族發出上帝審判的警告，結果尼尼微城的君民盡數向上帝懺悔，得免於災難。在聖經裏，預言是對罪人的示警的方法，是審判內容的公佈，也是呼喚人類回頭的號角——這些就未來發出的訊號都是論據而非論點。論點一直很清楚——人要離開罪，尋求上帝的寬恕。上帝就是那個「誰」，人要改變未來，只能透過承認祂是上帝，並且順服祂、跟隨祂。出自上帝的預言百發百中；出自別處的，則有準有不準。上帝讓祂的先知發出預言，不是要滿足人類的好奇心，或讓我們更有把握操控自己的命運。真預言和假預言，分別就在這裏。

其他的預言家呢？則都只要求我們相信他。他所代表的「天」、「神明」或「外星智慧」都十分模糊，但他們會高舉某些流行的理論，例如環保、和平、繁複性別理論等涉及各種權利的概念。但是，道德不能沒有終極的可追溯源頭，否則它們就永遠離不開浮動的、相對的「社群共識」，那就毫無意義了。後現代世界擁護「一切真理都只是相對的」——但此話一出，邪惡就暴露了其本質——謊言。清醒的人會問：「那麼這句話算不算真理？」

在這浩浩渺渺的無垠宇宙裏，有人佈局，也有人偷窺；有人偷窺，也有人容讓這種偷窺，去成就祂偉大的計劃。天機竟可洩漏，到底是偷窺者的「成功」，還是佈局者已設置了的更龐大的「終局」？邪不勝正，勝負已分。

世界動盪，人生難料。如今幾乎家家戶戶的每一個房間都有網路接通連結。其實，人歷來都逃不出惡勢力的股掌，網絡自然也落入其中。邪惡能力之大，實在難以想像。當聖經以外的預言無孔不入、無遠弗屆地傳播，邪惡就能輕易挑撥人世情仇，控制人類的心。記憶中，二〇一二年冬至的瑪雅末日預言最嚇人，流傳至為廣泛。荷里活將之拍成災難電影，票房大收。不過那天晚上我們一家開懷大嚼，度過了「那時刻」。

預言，無可避免地牽涉到靈界的維度。說到靈界，普通人經驗豐富，科學家也心知肚明。我們全都身處這個使人「細思極恐」的環境中，所謂靈異事件，要多少有多少，但只有很少人會去正視其龐大的黑暗身影，因此轉身投靠上帝，向祂查證事實的不多。人類心靈充滿不安和憤怒，大都只知道找一個政權或人物去憎恨、去發洩，而不曉得聖經這張終極宏圖已經給了我們最完整的指引。全球瘟疫，何須由二十一世紀裏一個小男孩來告訴我們呢？讀聖經的人早就知道了。

二〇二二年一月三日

星空，仍非常希臘

十二月到了，余光中老師離開我們快四年了。假如他還在世，今年應已九十三。二〇二一年也是〈重上大度山〉一詩寫成的六十周年，剛好一甲子了。

〈重上大度山〉余光中

姑且步黑暗的龍脊而下
用觸覺透視
也可以走完這一列中世紀

小葉和聰聰
撥開你長睫上重重的夜
就發現神話很守時
星空，非常希臘

小葉在左，聰聰在右
想此行多不寂寞
燦亮的古典在上，張着洪荒
類此的森嚴不屬於詩人，屬於先知
看諾，何以星隕如此，夜尚未央
何以星隕如此

明日太陽照例要升起

以六十哩時速我照例要貫穿
要貫穿縱貫線，那些隧道
那些成串的絕望
而哪一塊隕石上你們將並坐
向攤開的奧德賽，嗅愛琴海
十月的貿易風中，有海藻醒來
風自左至，讓我行你右
看天狼出沒
在誰的髮波

「星空，非常希臘」這個詩行一度引來不少讚譽和批評，如今，還有誰敢挑戰？重讀此詩，感觸更深。其實這詩行在說甚麼呢？不少人只知抽空這一句來看，抨擊其文法「錯誤」，又大大地動氣，自然難以看出詩人的情操和作品的內容，更會覺得余教授不過在修辭上耍小玩意，例如說他使用「轉品」，或責難他有「語不驚人死不休」之癖。

其實，我認為這首詩並沒有得到應得的正視。在六十年代初（一九六一年），這樣的作品真是不可多得，此乃非常優秀的新詩，它標誌着一個全新的文學時代。個人認為這是一首視野開闊的明志作品，充滿了創作雄心和對年輕文友的真誠祝福。

那一年，余教授才三十三歲，在東海大學外文系教書。他班上有兩個正在談戀愛的學生，都很有才華。一位筆名葉珊，就是詩中的「小葉」（原名王靖獻，後期的筆名是楊牧）；另一位是陳少聰、詩中的「聰聰」，是個女孩子。那一次，他們沿大度山的山脊往下走。我自己也是三十出頭進大學教書的，雖然沒有余教授的能力和才情，不敢和他比較，畢竟明白他對天才橫溢的學生有多大期望。

這首詩寫成於一九六一年十月十二日，那時正值初秋，天色應該很晴朗。

大度山在哪兒？原來台灣沒有大度山，卻有大肚山，在台灣偏西之處，山脊和台灣的縱貫線平行。這個詩名，即是這個「度」字，顯出當時只有三十三歲的余教授對於文學的執着。他覺得，文學可以令他永恆，故用「度」代替同音的「肚」。憑着傳世的文學佳作從人世「過度」到永恆，是余教授的人生意義。這也是他不斷在詩作重複表達的心願。這首詩要抒發的，正是這種情懷。部分讀者只注目於「星空，非常希臘」一行，強行解釋或謾罵，是沒看明白余光中教授這首詩。

其實，余教授雖然是英國文學專家，他的中文和國學好得不得了。他要成為閃亮亮的中國詩人，在光線不多的中國文學隊伍中發光。作品的首句，說的正是這種華麗而浪漫的崇高心境。「龍脊」點出自己中國人的身份，黑暗既指當時的地理環境，也暗示中國新文學以來不多的亮光。「中世紀」又叫做「黑暗世紀」，他所說的，正是那文學上比較缺乏明星的時期。詩人囑咐身邊的兩個年輕人要看得遠、看得高，鼓勵他們成為明亮的星星。後來的葉珊，亦即更多人認識的楊牧，就是一顆非常明亮的星星。

來到「星空，非常希臘」一行了。這一句話的意義很豐富。天空的星座，目前最多人採用的是以希臘神話的神祇命名的體系。星星，也可以指已經永恆的人。而希臘，是西方文化的搖籃和核心，所有的歐洲文學都充滿了希臘神話和文化。余教授熟悉的英國文學，也散發着希臘的文化光芒。也許，他們（歷代西方大作家）正在他的視野裏閃耀，一個又一個名字掛在天空上。但「非常希臘」的天空中，可有一角留給當今的中國詩人？余教授也許在想，天空其實也可以「非常中國」。

小葉和聰聰是當時二十出頭的出色年輕人，極富才情，也大有機會成為偉大的作家。故「風自左至，讓我行你右」，這有並行甚至讓路之意。他們將來是要在文壇上當家的，而余教授願意全力作他們的後盾。這裏顯出余光中教授對後輩的支持和他為人的謙卑。他指出有人同行的喜樂（小葉在左，聰聰在右／想此行多不寂寞），同時，這也是一種呼喚、一種叮囑，他要建立他們的信心，讓他們在文壇繼續努力前進。

「燦亮的古典在上，張着洪荒／類此的森嚴不屬於詩人，屬於先知／看諾，何以星隕如此，夜尚未央／何以星隕如此」，此處寫的是很多人參與文學創作，卻大多無法成為恆星。這一切，似乎只有上帝可以賜予。文學人要有先知的眼界，才看得透。可惜的是，大部分人一開始寫得不錯，似乎很有前途，但後來都隕落了，他們只是些流星，不是恆星，光芒無法持續。這些人使人深深惋惜。讀到這裏，我自然不無警惕。但誰能永恆？這又豈是努力能求取的呢？若以為天道必然酬勤，失望的人肯定不少，星星必然也大量隕落，他們只是一閃而去的流星。

「明日太陽照例要升起／以六十哩時速我照例要貫穿／要貫穿縱貫線，那些隧道／那些成串的絕望」——時速六十英哩是日常開車的高速。天天都有太陽升起，詩人自覺也要努力。為甚麼說他要打橫切過縱貫線呢？這也是余教授的文學密碼之一。大肚山在台灣西部，東海大學在東面。這指車子的行程，也是寫實的。同時，「穿」過「隧道」橫越縱貫線這 cutting line，也有「越過死亡」的意思——越過了而仍在的人，就走得到永恆的境地。此時，他尚不知道自己是否能闖過去，只知道很多盡力地跑、嘗試以文學留名的人都失敗了。星隕的事實，就是那些「絕望」的緣由。余教授喚陳少聰為聰聰，也暗示人生「匆匆」。這「匆匆」的對照，就是余教授筆下經常出現的「永恆」。

這首詩的結筆寫得極好。「天狼」是很亮的星，他所指的是不知三個人裏面，誰會成為這顆明亮的星，此句呼應星空意象，突出焦點，可見他那時以葉、陳二人為摯友（在文學路上同行）。「哪一塊隕石上你們將並坐」是他對兩個學生的祝福。隕石是墮下的星塵，而他倆坐在其上，亦即是勝過了那些墜落的流星。

重讀此詩，是美麗的經驗。作品寫成之年，我七歲。那時葉珊是正在讀本科的大哥哥，余老師則和我爸爸的年紀差不多。對他們來說，文學生命正在開展，而我則只是個小一女孩，正為學會難寫的中文字而苦惱。後來，余教授和楊牧都分別在香港教學。余教授在中大，王教授在科大。我們也有過見面的時間，閃亮的文學明星就在眼前，於是我這小一女孩到了四五十歲還只敢躲在小學的門牆裏，好像要偷看陳寶珠。到後來，余教授的另一愛徒鍾玲教授也來港在浸大當文學院院長，成了我的上司。偉大的作家很多都在香港生活過。如今鍾教授回到高雄定居，筆耕不輟。原來在大度山的龍脊上還跟着一大隊人呢。

星空非常希臘，卻不是絕對希臘的。余老師，我想念您。

二〇二一年十一月三十日

母親河

每一個人都有自己的「母親河」。或河、或湖、或海港，或無邊無際的大海，總之是一個水域。

母親河，大概就是「我的源頭」的意思吧？西藏人的「母親河」叫做雅魯藏布江，名字非常浪漫，意思是「從最高的山峰流下來的神水」。以長度算，這是中國排名第五的大河，最後，短短的下游落在印度和孟加拉的國土上。她的水量很大，僅次於長江和珠江。最使人驚訝的是她的峽谷是全球最深的，藏人愛她，如同愛他們的佛。中國政府想在江上建水壩，以求「南水北調」，使北方比較乾旱的地方有水可用。印度官民聞信嘩然，竟說不惜一戰，務必要中國停止這項建設。

對中國來說，這是一條「流出」的河。但對我來說，母親河應該是「流進」心裏、永不離開的。

我的第一個水域是珠江。對六、七歲的我來說，那不透明的江水有點像蔗汁，但我常常看見小孩子在那兒游泳。我覺得河水應該就是這樣看不通的，否則就不是河水了。上面的海珠橋建於一九三三年，連同引橋有三百多米長。我是在這條大河的泳棚裏學會游泳的。那時我們住在廣州的河北，每逢媽媽帶我到河南去，我就很興奮，因為可以「過橋」。過橋，也許就是在母親河的肩上「騎膊馬」。很久以後，我才看到了清澈的漓江，江裏的孩子和船隻一樣多。我很羨慕這些文革以後出生的孩子。他們的河與我所經歷的河完全不同了。但我不屬於雅魯藏布的激昂，也不屬於漓江的平靜。我希望自己能學會寬闊，如同大海。

到了八歲，我成了長洲的島民，我的水域變成了太平洋的一角。我跟東灣、觀音灣、面向海洋的建道神學院和礁石嶙峋的南丫漸漸熟悉起來。我一個人走過寧靜的山路，到建道神學院的小禮堂上主日學去。那兒有一個瘦瘦的女神學生，據說是我堂表姐。因為孤獨和年紀小，長洲的碧海和藍天都顯得特別大，大得荒涼。當我長高了一點，每逢星期六，我就自己坐一小時的渡輪回到中環，再乘船到九龍去找當小販的父親。旅途顛簸，我常暈船噁心。但在濃濃的柴油味裏，我對維多利亞港的感情日漸膨脹起來。海水的藍綠色感染了我。

那時我已經信了耶穌，但後來又忘記了祂。像對這海港，總因為熟悉而忽略她的美。中學和大學實在太好玩了。爸爸也當過勞力工人，參與了紅隧的開發，那時他沒當小販了，開鑿隧道的工資比較穩定。如今他離世了，想到海底藏着他的貢獻，既引以為榮又黯然神傷。我記起中學時第一次乘巴士沿紅隧渡海，十分激動。車子從隧道冒出來，回到陽光裏，馬上就要到達維多利亞公園了，我着了魔似的伸長脖子張望。那天到維多利亞泳池，是要代表學校參加接力賽。官校有官校的關係，我們的對手也總是別的官校——社會就是這樣的，人生就是這樣的，面對看來寬大的海港，你只能得到一個小小的位置。

讀大學時，我要天天「過海」。路線是沿着我住的北河街走到深水埗碼頭。是的，所有水域的焦點都是一個碼頭。我們從那兒啟碇出發，然後往更高的地方去。那時，港大圖書館的玻璃面朝大海，我又回到小時候在長洲的生活，向着薄扶林對開的海面發呆。對我這個住在深水埗的「大鄉里」來說，「對面海」既先進又古老——這一邊有滙豐總行，也有電車。西環碼頭仍保留着很多米倉，它們總讓我聯想到托着麻包袋的苦力——我爸爸就是這樣天天勞苦把我們養大的，在別人眼中，他沒有任何成就。他臨終時說，我沒用了。我說，怎麼沒用呢，你把我們都養大了。說時淚水湧流而出。我知道，這樣和一個給生活埋沒了的天才畫家說話是沒有用的，只願他在天國可以繼續畫他的水彩。意義，原來很重要。

一次和同學乘電車，住在九龍的他說：我告訴你一個秘密，我是第一次乘上電車的。電車和海港，一樣不能少，這才是我們的香港。如今，維多利亞港幾乎就是我的「母親河」了——但這海港逐步變得淺窄，也因為淺窄而風高浪急。每次乘船到離島或澳門去，只覺必須先離開海港，風浪才平靜下來。這實在太對不起海港這名字了。是的，她不像往日寬容；她容不下一點兒不同的口音，看不起行動稍微慢一點的人。她天天向不同的敵人對焦、發炮，其實是想了解自己不滿的因由。她很驕傲，也太敏感；她因日漸衰老而發脾氣，又像固執的病人不肯服藥。今日的她太複雜，不再像我爸爸的時代那樣單純——那一代人只一個勁兒努力活着，並且為能夠活着而感恩。

我不斷定義自己的水域，又不斷遷移。我從童年遷移到退休的歲月，我由學生的慌張遷移到老師的不逮，我自身為女兒的不孝遷移到做母親的擔憂——我總是尚未適應某種年齡的角色，就得離開了，當中也只有湍湍急流，沒有安寧。「我們度盡的年歲好像一聲嘆息……」這話是摩西說的。摩西確是智者。他在法老的王宮長大，何止知書識墨？因為誤殺埃及人，在沙漠隱居四十年，然後回應上帝的呼召，帶領整個民族渡過紅海、走過曠野，再歷四十年才來到應許之地，自己卻進不去——但他毫無怨言，心裏只有感恩。生命是荒涼無定的，除非你知道自己正在做甚麼。聖經告訴我，真正湧流到永遠的活水不來自日夜消逝的河流或神秘的大海，反來自永恆的上帝。遷移至此，我停住了腳步，回過神來，眼前水光瀲灩，晴雨皆宜。

二〇二二年五月二十五日

客旅——讀杜甫有感

有人說杜甫最好的詩是〈登高〉，這當然很難同意或否定。很多人喜歡〈登高〉中的「無邊落木蕭蕭下，不盡長江滾滾來。萬里悲秋常作客，百年多病獨登臺」四行。我細細地讀，發現如果抽走「無邊」、「不盡」、「萬里」和「百年」，一樣讀得通。我也拿過這四個五言句去問學生那是誰寫的，學生自然答不出來。我給他們看原句，大家一看，都驚呆了。我說，若只寫了這四個五言句，可立足唐代，卻不能成為杜甫。這些時間和視野的元素，也許正是杜甫偉大的原因。

當時的杜甫，可用一個「客」字說盡。香港人把顧客叫成「客」，其實我很不習慣。對我來說，「客」是流浪的人、無法回到家裏去的人。這是一個痛苦的名詞，絕非「大曬」的金主。

我在廣州出生，但如今對廣州完全沒有嚮往，那是因為我的家已經改建為別人的家了，這南方最富有城市的地貌也大大地改變了。可是，每逢做夢，無論場景是餐廳、是學校、是被甚麼鬼怪追着來吃的現場，還是別的，那個地方總是老家。老家擺了桌椅，就是餐廳；擺了黑板，就是學校。我的很多小說，也按着那個大廳來寫。老家，就是客旅的相反詞，飄零的對照色，今生的起始點，以及我之所以為我的頑強底稿。

八歲經歷的第一次移民，讓我痛苦到二十多歲，還是有「飄飄何所似，天地一沙鷗」的感覺。我無法對任何同學朋友傳達這種恆定的微痛。那時的我有許多相識，卻仍是很孤獨的。我和同學深入談話的時候，還是忍不住抽離飄忽、神遊象外，心裏在想，這是我的香港同學的看法。我首次覺得香港撇撇脫脫的就是我老家時，已經在大學裏讀書了。

很記得在倫敦的牛津道上一人站着，茫茫然尋找方向的那一刻。這條街像一個電影場景，而我是剪貼到上面去的平扁人像。去過幾次了，依然迷失。不是迷路，是一種黏不牢的感覺。儘管我由中四就開始修讀英國文學，相信自己比不少當地出生的英國人更懂得他們的巨著。但去過英國多次了，還是被強烈的陌生感刺痛。旅行的焦慮是短暫的，但非常濃鬱，那是任何美景良辰都不能塗抹的——雖然知道自己很快就會回家。我到底在想甚麼呢？我的感覺很奇特，卻說不出來。直到有一天老爸對我說，他不要搬家——叫我去勸和他同住的弟弟不要搬家。

弟弟在山上一個高級的屋苑買了個單位，是專門為了老爸能夠享清福買的。我也去看過，那單位敞亮而寬闊，有大型會所。爸爸不肯去住，弟弟極度失望，供兩個單位供得辛苦，可謂兩頭不到岸。他覺得老爸不領會他的孝心，也叫我去遊說他。於是我又回頭去問爸爸為何不搬過去。爸爸說，那地方落街買不到豉油。（我不用「醬油」一詞，因為那就是老爸所說的廣府話，我的母語。）

當時我想，爸爸你這些年何曾需要買豉油？那不是印傭姐姐去買的嗎？再想想，我明白了。爸爸要的是原區的熟悉，那包括錨定的把握、遠近的距離，以及不再需要適應新環境的自在。他已經流浪得太多。來港後，我隨着他，不知住過多少板間房，多得數不清。如今他漸漸對這個居住的地方產生好感了，不想再漂流。

後來爸爸辭世，臨終仍住在原區。弟弟也把那高級單位賣了。

流落異鄉是淒苦的，即使錢財不是問題。如果錢財和事業都不順利，就更加悲慘了，何況在他鄉遭人輕賤、不知何日才可以回歸的人？更痛苦的是，離開時連根拔去，回頭時故居已不在。打頭陣移民的人，最是辛苦。當年我有父親陪着，依然常常因為想家而哭。假如沒有親人在旁，真不知道會怎樣。天地茫茫，萬家燈火，一個人躲在小房間的暗燈裏吃最便宜的杯麵，而且只能吃一個，或枕着行李在老麥取暖，或在夏天仍冷僵了手指——這和阿媽煮飯阿爸洗碗自己上網的日子實在也相差太遠了。在這裏，人可以為了觀看冰霜帶了相機期待深夜的大帽山，可以為了感受風浪拿着浪板跳進八號風球的海水裏，為了進大學忙掉了最美好的十七歲。一切都那麼就手，那麼順利，那麼明亮。也許最令流浪者不解的，是竟然仍有那麼多具備移民條件的人怎也不選擇流浪。說白了，那些人並非無奈，而是因為深愛家庭國族，愛那些滴水的冷氣機，愛那些又老又古板的反映着夕陽的工廈，愛升降機外的老看更打瞌睡的樣子，愛屋邨的走廊和鄰居的關門聲。有些愛是平時不容易察覺得到的，例如愛自己那熟悉的床鋪。有些愛要求你提供很多的陪伴，例如愛父母。聖經告訴我們，人生本就是客旅，但客旅如杜甫，也得靠賴嚴武的招待，才得以在四川住上一段日了，我們才得見「潤物細無聲」或「玉壘浮雲變古今」此等好句。

當我們的愛大於無用的面子，大於錯置的恐懼，人就不再需要作客了。畢竟，我們的戰場不在房頂，而在內心。

二〇二二年五月二十九日

3

青靄入看無

● 入伍

看見老人家的時候，我總忘記自己已經是他們的一分子。以前，我快步跳着走下地鐵入口那一道總共四十多級的樓梯，越過了一個又一個比我年紀大的人，其實那時膝蓋已經輕微疼痛，像一把不夠鋒利的、用於生日蛋糕的塑料刀在拉扯，提出還算是鈍感的警告。有感覺了，但那算不上辛苦，我的腳步還是快。

但這段日子，我再沒能夠越過幾個老人了，只握着他剛剛握過的、餘溫尚在的不鏽鋼扶手，跟着前面的人緩慢地拾級而下，裝作給那個幾乎不佔空間的身體堵住，不得不慢慢地走。他的手杖是一柄大傘，傘尖有防滑設計。那傘如此巨大，無疑是比他彎曲的骨頭更強大的存在，好像在提醒路人：這裏有個人，不要撞過來。

真的，人群高速的流動中，總有一些行動緩慢、瘦小而乾癟的身體，像一棵大樹上發黃的葉子，未成主調，卻處處可見。他們整個人像醃過的話梅乾，皺紋凸出而非凹陷，眼睛像兩道小傷口，有點紅，也有點濕，在縱橫交錯的紋理中，眨眼的動作小得看不見。我不要和這些眼睛對上，那會讓我害怕。

老人的頭髮稀疏，最密集的地方仍蓋不住頭皮。雖然沒有染過，但那種白還是複雜的。隨風飄起的幾條和上過蠟的或任性或乖巧地在髮根聯結，同源而異壽。很久以前，它們濃密整齊、方向一致。如今，髮根短淺，頭皮因繃緊而發亮。

老人的身體總是這麼細小，如同另一種物種，他們輕飄飄的好像已經落在失重的狀態裏，這狀態要使他們飄離大地，但他們用趾尖和細碎的腳步竭力地一下一下抓緊商場的地面。他們拿手裏的傘打釘子一般往石頭敲，卻甚麼都沒打進雲石裏去。無論防滑的工藝多麼成熟，傘頭還是滑走，不可依仗。他們的鞋子殘舊柔軟，而唯獨殘舊柔軟才能如此順服地、變了形地遷就着主人向外突出的趾骨。他們的褲管總是不夠長，遮不住踝骨上撐得要破的皮膚。起初我不明白他們褲子短的原因。他們不是都變矮了嗎？後來又想：褲管短一點或比較不容易使老人絆倒受傷。

五十多歲時，我在公立醫院看醫生，已經被撥歸老人科了。又有一次，我在急症室呆等之時，看見年輕的男女護理人員推着一張又一張有輪子的空床矯健地走過。升降機開了又合，輪子床進了又出。怎麼總沒有病人？我定睛看，啊，我錯了。床上原來是有人的！是體積極小的老人。她陷在一大堆皺起的毛氈床布和被單裏，連體量的暗示也沒有，沒有輪廓，沒有質感。我站起來，如同一個致敬的儀式。我細心察看那個躺在輪子床上的軀體，先注意到她凌亂的髮絲，然後是那張熟悉的臉。我不認識她，但認識那小不盈握的灰色的頭臉，以及只有一公分打開、睫毛盡落的眼睛，眼皮外翻，裏面有發黃的眼白和黏稠的眼垢。鼻孔裏的透明膠管提供着未必充分的氧氣。我坐下，視覺上老人也縮了下去，只有幾根在冷氣風口飄動的白頭髮，像給撕開了的白旗。

我曾經看見過這樣的父親和母親，看見過加護病房裏面的大床上瑟縮於床中心的家翁——那一刻，他小得像個十歲不滿的孩子，躬身睡在父母的大床上。中年時，他們說不上高大，但體積正常，生活上也總算是個有分量的人。但是，走到人生最末段的時候，他們總會變得極其微小。母親患癌，病時很瘦，她說，我減肥成功了，是不是漂亮了？一屋子兒孫看着她報以微笑，但我們當時的心情很複雜。不過，媽媽確實是漂亮了——如果只看那張臉，不看那消失中的身體和生命。

那一刻，我竟然有點想她離去，望她不要繼續承受胰臟癌帶來的痛苦。如今，我的年齡已經接近她離世的年歲了。

二〇二一年九月十四日

● 鄰舍

福音書裏有一段著名的經文，讀之使人感動，一般人稱之為「好撒馬利亞人」，記載於《路加福音》第十章二十五至三十七節，經文不長，茲列如下：

有一個律法師起來試探耶穌，說：「老師！我該做甚麼才可以承受永生？」耶穌對他說：「律法上寫的是甚麼？你是怎樣念的呢？」他回答說：「你要盡心、盡性、盡力、盡意愛主——你的神，又要愛鄰如己。」耶穌對他說：「你回答得正確，你這樣做就會得永生。」那人要證明自己有理，就對耶穌說：「誰是我的鄰舍呢？」耶穌回答：「有一個人從耶路撒冷下耶利哥去，落在強盜手中。他們剝去他的衣裳，把他打個半死，丟下他走了。偶然有一個祭司從那條路下來，看見他就從另一邊過去了。又有一個利未人來到那裏，看見他，也照樣從另一邊過去了。可是，有一個撒馬利亞人路過那裏，看見他就動了慈心，上前用油和酒倒在他的傷處，包裹好了，扶他騎上自己的牲口，帶他到旅店裏去，照應他。第二天，他拿出兩個銀幣來，交給店主，說：『請你照應他，額外的費用，我回來時會還你。』你想，這三個人哪一個是落在強盜手中那人的鄰舍呢？」他說：「是憐憫他的。」耶穌對他說：「你去，照樣做吧！」

為何撒馬利亞人幫助了一個路上的猶太傷者，會值得如此大做文章？原來這裏面牽涉到很強烈的猶太人的驕傲和憎恨。不錯，是驕傲，他們對撒馬利亞人仇恨之深刻，遠超過香港帶偏見的人看不起大陸同胞。耶穌時代的猶太人對撒馬利亞人的蔑視，對我們來說，是很難理解的。

猶太人的家園早於公元前九三一年分為南北二國——北都後來就是撒馬利亞，南都則是耶路撒冷。南北二國，雖為同胞，但一分裂就自相殘殺、爭戰連年。公元前七二二年，中國的春秋時代剛剛開始，時為魯隱公元年。那時中國開始分裂，春秋霸主相繼而起。北國於這一年遭亞述人毀滅。成為亡國奴之後，北都撒馬利亞的人民漸與外族通婚，血統不純。南國猶太人因此認為他們褻瀆真神，不與往來。到了耶穌時代（大概就是我們的東、西漢之間），二國皆滅，成為羅馬帝國的百姓（不一定是羅馬公民），猶太人仍不會吃撒馬利亞人的烤炕的餅；南北走向的路上，猶太人寧願先渡過約但河到東岸去，繞道而行，然後再渡河前往目的地，總之不會踏足撒馬利亞的土地。貨物如果在運載過程中被發現曾經路過撒馬利亞，猶太人是不要的。在他們眼中，撒馬利亞人髒、亂、得不到恩典、不忠於上帝和國族，是可恥的人。

耶穌說的故事是這樣開始的：「有一個人（猶太人）從耶路撒冷下耶利哥

去，落在強盜手中。他們剝去他的衣裳，把他打個半死，丟下他走了。」這猶太人所走的路不長，但非常危險，是盜賊經常打劫的地方，臭名遠播，因此叫做「血路」。幸好，這個人雖受了重創，卻未斷氣。此時，路上還是有人走過的，他尚有一絲生存的希望。可是，走過的猶太祭司和利未人都沒有停下來幫助他，卻「從另一邊過去了」。此話真是可圈可點，因為他們須要略微繞道而行，才可以對血淋淋的同胞「視而不見」，這個小繞道，和他們整個民族的大繞道可以並列閱讀。

慢着，這些祭司和利未人，不都是在聖殿裏供職的嗎？他們不正正和傷者一樣，都是猶太人嗎？為何見死不救，也不派人來幫忙，就當沒看見？難道他們誤以為傷者是死屍？耶穌基督輕描淡寫地說他們「從另外一邊過去」了，不但顯出了他們的不仁，更一針見血地指出了他們的舉動是經過思考的。他們曾經想過：我會不會因為碰到他而變成不潔？我會不會被人坑害、惹上麻煩？如果他未死，我卻把他弄死了，結果會怎樣呢？避開碰瓷，避開不潔的可能——比人命更要緊。於是他們都選擇不理。耶穌對於他們的冷血沒有即時指摘，卻輕巧地把這段經文帶到最細緻、最美麗、最精彩的階段：

「可是，有一個撒馬利亞人路過那裏，看見他就動了慈心……」這個路過的，是個民族「世仇」，怎麼說都算不上是個友善的「鄰舍」，但是，就在那要求他思考自保的一刻，他越過了歷史，越過了偏見，越過了政治，越過了宗教的南轅北轍，只看見地上躺着一個可憐人。他看見傷者，馬上動了「慈心」；在這條「血」路上，他的「慈心」不是一閃而過的善念，而是一種和自己的長久偏見對抗的「意志」，以及一連串必須用這種意志堅持下去的行動。「慈心」的體現，遠超過了嫣然一笑的惻隱之心，那是需要強大的信念和勇氣去支持的：

他「上前用油和酒倒在他的傷處，包裹好了，扶他騎上自己的牲口（如此一來，他自己就可能得負重用腿走路了），帶他到旅店裏去，照應他。第二天，他拿出兩個銀幣來，交給店主，說：『請你照應他，額外的費用，我回來時會還你。』」這種種的安排，可謂周詳細心，也溫柔可敬，對這位撒馬利亞人而言，時間一定耽誤了不少。但這個大好人並沒有要求報酬或感恩的心。說到這裏，我們可以回到故事的起頭。那時，有一個律法師起來試探耶穌，說：「老師！我該做甚麼才可以承受永生？」耶穌引導出來的回答是：「你要盡心、盡性、盡力、盡意愛主——你的神，又要愛鄰如己。」如果發問的人心誠意堅，他的結論應該就是：「老師！我明白了，如果我這樣愛神、愛鄰舍，就可以承受永生了。」

不過，他可有如此行？

耶穌所舉的例子，尚有一個非常微妙的地方。那個好心的撒馬利亞人其實並不是猶太人眼中的鄰舍，因為他不但不是「自己人」，還是「自己人」最看不起的人。但是，耶穌卻肯定了他的「鄰舍」身份，因為他是憐憫人的。原來，當鄰舍的定義超越了血統和遠近，以及狹窄的山頭主義，改而由心態來定義，一切就有可能進入與上帝團契的階段了。可惜，人類卻喜歡畫地為牢，先抓起一個口號來護身，尤其是隨波逐流的勝利球迷，又怎會思考自己的鄰舍之責呢？

人與人之間，很容易就把自己放進「勢不兩立」的棋局，因為博弈之樂，建基於贏輸勝負，一旦對號入座，封自己為「公義的守護者」，就必楚河漢界，把對面的一切，撥歸十惡不赦的魔鬼。看足球的時候如此，看女排的時候如此，看荷里活片子的時候如此，我們都活在一個巨大的時代的 war game 裏，不但不去救人，還會去害人。讓我們想像一下，那個躺在地上的傷者如果是個撒馬利亞人，而第三個經過的仍是猶太人，結果會如何？

耶穌基督指出，鄰舍不是一種身份，而是一種心態和一連串的行動。鄰舍不是地上的血緣，而是天上聖靈所賜的愛心。鄰舍不是距離，因為距離可以通過「從另一邊過去」而拉長，也可以藉着「上前」（靠近），「用油和酒倒在他的傷處，包裹好了」（接觸），「扶他騎上自己的牲口，帶他到旅店裏去，照應他」（讓出自己的位置）來縮短。鄰舍，是用愛來維繫的一種關係。有愛的話，到處都是鄰舍；沒有愛，到處都是死屍。

最奇妙的是，這條叫做「血路」的小徑，有猶太人，有撒馬利亞人，有盜賊，有神職人員，有商人，有旅店，本來就是一條人生路。當中誰與誰都有機會遇上，誰與誰是鄰舍，大家如何互動，又如何體現鄰舍的關係，全都在乎內心的選擇。而裏面關於永生的答案，就在耶穌手裏。鄰舍，這個愛的對象，同時也是施愛者的身份，卻是隨着人心而變化的。經文中的律法師要試探耶穌，竟這樣問：「誰是我的鄰舍呢？」此問題既無知也自我中心。但這不正是我們的寫照嗎？難得我們的主明明知道來者不善，仍然逐步逐點逐個細節向律法師和我們解釋，還叫我們去行，使我們回到「動了慈心」這個原點上，看見了真理。

二〇二〇年八月十八日

看着小貓老去

中學時讀英國文學，作品中最常見的嘆息是人生短暫、歲月匆匆，少年之光芒華美稍縱即逝。這「稍縱即逝」有意思。我問：不縱又如何？捉得住嗎？中年細讀唐詩宋詞，情貌相似，體會更深。洋人不敢看自己老去，上厚厚濃妝掩其乾癟無牙之貌，結果弄巧反拙，形如殭屍，非常可怕。往日中國人視年老為智慧的高峰，認為家有一老，如有一寶。老人稍得安慰之餘，也還有點說話的地位，自信使他們慈祥，反見其美。但是，使漸漸變老的人最不安的，卻不是看着自己老，而是看着別人高速地衰退——變得行動遲緩，一臉皺皮，眼睛黯淡得像松香，眼黏膜外翻，鼻子上的皮膚因拉扯反見光滑。廣告說一條皺紋讓人老十年。我跟兒子說，那麼你媽媽已經千多歲了。他哈哈大笑，我卻悲從中來。這可愛的小兒子，怎麼已經變成大叔了？以前恨他太瘦，如今我有時叫他做「肥仔」。他尚只是在慢慢變，家裏的幾個小貓的變化則觸目驚心。

我們家的小貓已經不再是「大叔」、「肥仔」了，該進駐伯伯、婆婆等營帳啦。小貓到我們家裏來，各有因由。小黃貓粉仔和小灰貓柚子是兄弟，初來長不盈掌、恐懼慌張，每每躲在沙發的縫中「避禍」。他們是貓義工從西環街頭撿來的，若沒撿起，他們就得喝溝渠的水過日子，相信早已不在人間了。短毛咖啡色小貓哩哩則是從愛護動物協會收養的，與黃、灰兄弟倆年紀一樣。艾殊莉莉則是被鄰居拋棄的小成貓，我們有幸得以收養她。她是唯一的女孩，比三個男孩大一年。一年，也就是貓貓的一整代了。因此她看不起他們，尤其因為她以為自己好歹都是矮小的人，而他們三個則只是高大的貓。

灰色的柚子如今已經離世。我倆那時在澳洲。女兒信息說，柚子最後住院之時，籠子外掛着一個牌子，上面寫着「幾乎完全失明」。我們此時才明白為何他十年來都掛着兩隻「鬥雞眼」，而且只會在別人跳起之後才學着跳，如同不懂取物，即使跳起也不用眼睛來看追蹤玩具。只怪他曾經用直覺拍死過好幾隻小飛蛾，我們從未意識到他不怎麼看得見。知道之後，心傷透了。他曾經那麼小，伸開小手指爪的時候，手掌比前臂大很多，明顯地瘦。長大之後，他體型最有「質地」，鬥雞眼既圓且亮，毛色鮮美，肌肉柔軟，惹人喜愛，胖得有「幅員廣」之稱。我們覺得他在幾個小貓裏應該最長壽。朋友有貓需要輸血，我們一早就認定他最合適捐輸。他還有一副超美的男高音嗓子，叫聲圓潤而清亮，一開口，真是高不可攀。牠身體看來很健康，只是智力似乎從未加強。慢慢地，我們接受了他的笨。每遇陌生人，柚子就「蟲行」躲閃，吃東西前要嗅好久，貓零食一概不吃，死板地只鍾情於一、二種貓糧，食量也不大。他離去的時候，卻是因為患了脂肪肝。嬰孩時期，他從未頑皮；少年時代，他從不好鬥；中年到了，他日益廣大。就這樣，他的一生在我眼前一晃而去，不久之前他才出生，喝水時胡亂把手也放進水盤子裏。我在房間工作時，他會來打招呼。高音一起，我就知道他來了。我喚他，他就叫一聲，回應時音調較沉，好像大叫「媽咪」之後，很滿意我說「柚子真乖」，就細細再回我一聲說「梗係啦」，然後離去。怎麼一生就只有這十一年？暖暖的，會叫媽媽的，會做蘭花手的柚子，從未曾好好看過世界吧？每次記起他，我都熱淚盈眶。因為他病死時，我們不在香港，只有小兒子和女兒送他。

柚子走後，小哥哥粉仔很失落，他彷彿一下子老了一代，天天跟着哩哩轉，好像要看清楚哩哩是不是柚子。哩哩卻不理他，除非天氣冷得很。粉仔如今已經十二、三歲，腦袋有點事，經常抽筋。柚子走後，粉仔一身金黃色的毛也越來越暗淡了。他站住時，一下一下地大幅度震抖，像患上了柏金遜症的老人家；用力抱住他，他的身體還是會不自覺地「跳」。他的眼睛積着咖啡色的眼垢，一點點聲音就能把他嚇壞。他要奔跑一輪才上廁所，一面跑一面叫，到廁所了，又不斷地移位，最後移離了沙盤才成事，弄得廁所十分臭。曾幾何時，小粉是我們的美少年，小兒子稱他為金色小貓。他特別愛玩小繩子，一條鞋帶就可以讓他樂上半天。可惜，他的童年只有幾個月，哩哩一來，他們二對一地對峙了幾天，然後小兄弟輸了。小子倆扭成一團扮「大隻」，卻仍膽小得很。最後，哩哩做了「大哥大」，隨時「兇」他們，「點」他們做事，他倆就要服侍他。未幾，柚子自己躲開了，好像小三自行藏到窮鄉去，只留下粉仔兩頭奔走。他得去給「大哥大」理順毛髮，又得去鼓勵小弟。有時他和弟弟睡成八卦圖，大哥大哩哩看見了，就走過去擠進兩個暖暖的身體中間，兄弟倆只好暫時「分離」。如今，哩哩還是霸道。他要粉仔繼續為他「舔毛洗澡」，天冷時抓住他不放，天熱時一腳踢開他。到了這年紀，兩位伯伯都不怎麼愛玩了，就只一味睡覺，睡覺，再睡覺。我們家像老人院，人人有床位，卻不守本分，總要在別人的床上留下自己的體臭。日子久了，粉仔知道貓是靠不住的，他要追求更高的存在。我們對他好，於是他要我們抱抱和掃他的肚皮。爸爸一抱，他就睡着了。我們小兒子仍叫這位伯伯做 BB，真有點不知所謂，卻又那麼理所當然。

哩哩雖然是大哥大，不講道理，但他很英俊，臉上五官可謂無懈可擊，該圓的圓，該亮的亮。眼珠子是綠色的，有若隱若現的雙眼皮。每逢肚子餓，他就會走到盤子旁邊，用百分百不亢不卑的誠懇眼光看着你，讓你打開食物盒。他若來抹你的腿，用其俊俏小頭兒「頂撞」你，就說明他有求於你。我曾和他就窗外的小鳥對話良久。我說「雀雀」，他就激烈擺動其鼠型尾巴，口齒狂震。他是眼明手快的傢伙，除了超大的肚腩，還沒有甚麼老態。他是個既要逞強，卻又膽小到極的東西，每次走進不熟悉的空間（例如我房間裏的洗手間）就要先行大叫，以求對方（若有）敗走。他能打開衣櫃、推動滑輪門，有機會的話，他一定要跳上高高的書架頂，然後在那裏耀武揚威。可惜最近他兩邊臂部對稱地脫毛，要給他噴濕疹水。從前一點病痛都沒有的哩哩，如今加入了家裏的大病房，頭罩天天戴，本來勇武的小老頭要去扮圓領小丑，頗為可憐。冬天到了，他也只好從善如流，給粉仔做貓肉暖包。我們人類終日尋求的人生意義，對他來說，根本是個笑話。他很清楚自己是貓，而貓有貓的想像疆界和尊嚴，不可逾越。

在這方面搞不清楚的，就只有艾殊莉莉。她認為自己是人類，絕不與貓為伍，來者必受她連環閃電車輪手的擊打。她很「小姐」，身體也不好，鼻子小得像卡通人物，側臉看起來像一個幼孩，十分可愛，但此鼻用起來卻完全沒有該有的功能，只會發炎。她重複發作的鼻竇炎使我們很氣餒。醫生老是開抗生素，她不肯吃，用盡所有方法把藥丸吐出來。一旦吞了，肚子不舒服，那就連飯都不吃了。一天，她鼻子嚴重堵塞，連氣都吸不進了，就用力打噴嚏（她打噴嚏是自主的）。她的噴嚏可以打一千個，要喝停她。那天，噴嚏打多了，大量血液湧出，把我們嚇個半死。我們怕她會窒息，就抱起她按着鼻子。這次不得已又帶她去見醫生——真好，這位醫生竟然有辦法！他給了我們霧化藥。只要把她放在一個舒舒服服的箱子裏，然後把藥霧噴進去，像武俠片裏的人把迷暈香吹進房間那樣讓她慢慢吸進就可以了。結果，她愛上了箱子，鼻竇炎算是暫時好了。不過，她老了，醫生說她骨頭間的軟墊磨蝕了，跑跑跳跳會有點痛。我們也開始叫她做「小婆婆」。抱住她的時候，會突然想到她走的日子。到時我該怎麼辦？一個毛茸茸的會和你交流的小「人」兒，總有用眼神和你告別的一刻——只需想一想淚水就來了。將來我一定會記得給她抹鼻子的時刻。我先用棉花棒引導她打噴嚏，然後把她的長鼻涕「捲」出來的光景。她是英短，成了我的「外籍」小女兒。多年過去了，不知怎的，總會想到她身體變得冰冷僵硬，然後腐爛的時刻。今天，我抱住她唱《鳳閣恩仇未了情》時，她會用尾巴打拍子。只是這樣的時光不知剩下多少了。

看着小動物出生、長大，坡度很陡，因為不足一年，他們就都已經成年了。然後，就是用十多年看着他們變老和死亡。這就是他們的一生、他們在世上走過的全部的路。他們小時候滿屋子跑，如今靜寂得像幾幅掛畫不慎落在沙發上。

看着小貓老去，驚心動魄。為了擺脫這種緊張，看電視吧。但看着本來貌美如花的石修米雪變成老公公老婆婆更使人心寒。晚上十二點還是少女宣萱和葉璇在演愛情戲，第二天已是一眾記不住名字的新人了。台慶之夜，汪明荃聲音沙啞、老態龍鍾，如果一道皺紋等於十年，她就是歷史化石了。一小片磨砂黃金，如同一塊不怎麼厚實的恩典落入她感恩微抖的雙手時，誰記得她本來的臉有多美、聲音有多甜？

我為小貓黯然，也有誰正為我們的短暫而憂傷吧？說到灑脫這回事，也許沒有人類的份兒，遑論充滿愛的上帝了。

二〇二一年十一月三十日

讀家譜有感

聖經裏面有很多家譜，多得無法記憶。對我們這些沒有鑽研過神學的人來說，更是難以完全消化。單說創世記的首兩個家譜，就讀得我膽戰心驚。

世上第一對夫妻是亞當和夏娃。他們犯罪後給逐離伊甸園，但仍生了兩個兒子。亞當視夏娃為他「骨中之骨，肉中之肉」，自是深愛她的，一家四口親親密密，本來還可以在工作之外享受有限的幸福。可是，罪進入了人心，一切就不同了。對天下父母而言，沒有比喪子之痛更難忍受的事了——而他們竟在短時間內一連「失去」了兩個兒子。那天，大兒子該隱因為嫉妒，把弟弟亞伯相約到田野，出手殺死了他，因為上帝悅納的是亞伯的祭物而不喜歡他的。

他從未考慮父母的感受和自己的對錯，他只想把弟弟清除。從此，最後的天倫樂就離他們一家而去。亞當和夏娃當時的錐心之痛，我想都不敢想。

其後上帝質問該隱說：「你弟弟哪裏去了？」該隱很不禮貌地回答：「我怎麼知道！難道我是專門看守他的嗎？」上帝豈會不曉得該隱殺弟之事？但祂仍很有耐性地說：「你弟弟的血有聲音從地裏向我哀告。」該隱雖然不認，咒詛依然臨到他。上帝說：「現在你必從這地受咒詛。你種地，地不再給你效力；你必流離飄蕩在地上。」豈料該隱竟還有膽量撒野，討價還價道：「這刑罰太重了吧？我不得再見祢，到處流蕩，必遭人殺害。」上帝容忍他，施恩說：「凡殺該隱的，必遭報七倍。」祂希望他回轉。

該隱因此活了下來，其妻誕下以諾（不是與上帝同行那個）。家譜從一個惡霸開始，又從另一個惡霸開枝散葉：「以諾生以拿；以拿生米戶雅利；米戶雅利生瑪土撒利；瑪土撒利生拉麥。」這個拉麥是個比該隱更凶狠的惡霸，一人娶二妻，是他開的先河：婦人一名亞大，一名洗拉。「亞大生雅八；雅八就是住帳棚、牧養牲畜之人的祖師。雅八的兄弟名叫猶八；他是一切彈琴吹簫之人的祖師。洗拉又生了土八該隱；他是打造各樣銅鐵利器的。」拉麥還對他的兩個妻子說：「亞大、洗拉，聽我的聲音；拉麥的妻子，細聽我的話語：壯年人傷我，我把他殺了；少年人損我，我把他害了。若殺該隱，遭報七倍，殺拉麥，必遭報七十七倍。」原來人類一開始就知道擁有暴力是「無往而不利」的，人一生企圖掌握這種殺人利己的「力量」，是很早期的事。

值得細味的是這個殺弟的該隱竟然「生養眾多」，建立了人類的早期文明。當時族中最有權勢的拉麥，相信已經稱霸一方了。其大兒子雅八精於建帳棚和牧養牛羊，可使一家生活無憂；次子是個音樂家，更帶來了藝術和娛樂；有了家，就需要保衛，二子還有同父異母的弟弟——土八該隱，他懂得鑄造銅鐵器皿和武器，在原始社會，這個家族似乎已經很完備了。不過，他們隨着祖輩背離上帝，第一個家譜到此為止，其後人如何發展，已經沒有細緻的記載，只知道他們後來全部都因為太過邪惡而在大洪水中死去。

另外一個資料來源是聖經也提及的《以諾書》。那兒記載為何人類那麼早就有了超於正常發展速度的各種知識。原來當時有二百個天使背離上帝叫他們守望人類的命令，他們互相發誓、結成聯盟，要到地上娶妻生子，於一個山頭（黑門山）降落「人間」。他們把各種知識（包括天文知識）帶到地上來。因為他們的智慧和力量都遠高於人類，人奉為神明。該隱建立的城市、文化和軍事文明，很可能就是他們親授的知識所促成的。全球各地的神話驚人地類似，當中的「神明」就是這些能力遠超人類的墮落天使。現代人不接受上帝和天使存在的事實，就把這些墮落的守望者說成外星人。英國軍牧章伯斯牧師說過，次好的東西也是很好的，但不要因此失去了最好的。地球為了得到文明的高速發展而背離了上帝，就是章牧師所說的情況。

在該隱殺死弟弟、離開亞當夏娃之後，夫婦二人又誕下了第三個兒子，名叫塞特。塞特長大後「也生了一個兒子，起名叫以挪士。那時候，人才求告耶和華的名」。這就是說，自從亞當夏娃離開伊甸園，人類都不再求告上帝的名了。但塞特的兒子、亞當的孫子竟從祖父母和爸爸媽媽那兒聽聞上帝的名字，向祂禱告。這個家譜長得多了，全歸入亞當名下。即是說，該隱雖為長子，卻沒有子嗣的身份，上帝把這個身份給了他三弟塞特。經文是這樣說的：

> 亞當活到一百三十歲，生了一個兒子，形象樣式和自己相似，就給他起名叫塞特。亞當生塞特之後，又在世八百年，並且生兒養女。亞當共活了九百三十歲就死了。塞特活到一百零五歲，生了以挪士。塞特生以挪士之後，又活了八百零七年，並且生兒養女。塞特共活了九百一十二歲就死了。以挪士活到九十歲，生了該南。以挪士生該南之後，又活了八百一十五年，並且生兒養女。以挪士共活了九百零五歲就死了。該南共活了九百一十歲就死了。瑪勒列活到六十五歲，生了雅列。瑪勒列生雅列之後，又活了八百三十年，並且生兒養女。瑪勒列共活了八百九十五歲就死了。雅列活到一百六十二

歲，生了以諾。雅列生以諾之後，又活了八百年，並且生兒養女。雅列共活了九百六十二歲就死了。以諾活到六十五歲，生了瑪土撒拉。以諾生瑪土撒拉之後，與神同行三百年，並且生兒養女。以諾共活了三百六十五歲。以諾與神同行，神將他取去，他就不在世了。瑪土撒拉活到一百八十七歲，生了拉麥（不是該隱的後裔拉麥）。瑪土撒拉生拉麥之後，又活了七百八十二年，並且生兒養女。瑪土撒拉共活了九百六十九歲就死了。拉麥活到一百八十二歲，生了一個兒子，給他起名叫挪亞，說：這個兒子必為我們的操作和手中的勞苦安慰我們；這操作勞苦是因為耶和華咒詛地。拉麥生挪亞之後，又活了五百九十五年，並且生兒養女。拉麥共活了七百七十七歲就死了。挪亞五百歲生了閃、含、雅弗。

家譜至此暫停，大洪水來了。上了方舟獲救的，就只有挪亞和兒子閃、含、雅弗，以及四位夫人。

但上面這個長長的家譜裏有幾點很值得注意。第一，那時的人很長壽，故有人認為聖經是神話。其實，其他文明都有祖先長壽的記載，未嘗不可參考。彭祖、盤古等中國名字就是例子。基督徒科學家認為當時的人類有近乎完美的基因，種種病變尚未遺傳累積，因此人很長壽。第二，這個家譜只說他們做了「生兒養女」這件事，沒有記載他們有甚麼功業。這就是說，上帝根本就不在乎人的功業，只在乎人對祂敬虔。第三，他們儘管很長壽，最後都死了，這和聖經所說的罪人必死吻合——只有以諾例外，他給上帝接去了。而且那種不足千年的所謂長壽，比諸永恆，還不只是個無厚的瞬間嗎？

這一系的人裏面，起碼出了三個蒙上帝悅納的人：一是尋求祂的以挪士，一是與祂同行的以諾，第三個就是建造方舟的挪亞。也許你因此認為這一系的人大都敬愛上帝，因為他們皆是塞特的後裔。但別忘記，當挪亞蒙召拿起錘子方尺去建造方舟的時候，他和三個兒子一面工作，一面不斷向鄰居、朋友、親族提出警告，說大水將至，若不進入方舟，必死無疑。但除了他的至親之外，親鄰都不信他。這包括了以挪士和以諾的後人，可能也包括了該隱那「文明社會」中的成員。上帝看見「人在地上罪惡很大，終日所思想的盡都是惡」，到底那是怎樣的惡呢？聖經沒有清晰說明。但在創世記第六章裏，有幾句話非常耐人尋味：「當人在世上多起來、又生女兒的時候，上帝的兒子們看見人的女子美貌，就隨意挑選，娶來為妻。耶和華說：『人既屬乎血氣，我的靈就不永遠住在他裏面；然而他的日子還可到一百二十年。』那時候有偉人在地上，後來神的兒子們和人的女子們交合生子；那就是上古英武有名的人。」這裏說的，正正就是前面提及的、《以諾書》所記載的墮落天使。可圈可點的是，那時人類的壽命大幅下降——降至大概一百二十歲。時至今日，這個上限也頗為明顯。

這段經文惹起很多討論。論點主要有兩種：

第一，和上面所說的一樣，「上帝的兒子們」此處的意思和舊約聖經所指一致。《以諾書》記載，他們是從今日以色列、敘利亞和黎巴嫩之間的黑門山「下凡」的，本為守望天使（Watchers），卻結盟背叛上帝，更以人身出現，娶了人類的女子，生下了幾層樓高的尼菲林人（Nephilim），即是後世的所謂巨人。關於巨人的記載很多，希臘神話中的泰坦人，就是神祇和人類交合的產品，這一點，和聖經的記載吻合。

第二，有學者認為「上帝的兒子們」指的只是敬虔的人，他們娶了不敬虔的人的女兒。當中有一解經的觀點頗為有趣，他們說，不敬虔的女子打扮自然更性感，更能吸引男性背離信仰。而且主耶穌說過天堂裏的天使是不嫁不娶的，故他們認為把「上帝的兒子們」說成墮落的天使不合理。我聽了許多不同意見的牧師就這段經文的講道，也漸漸有了傾向。不少出色的牧者採納墮落天使論，也許他們很多都親眼見過惡靈的凶狠。我自己，也深信靈界的存在，他們從未停止運作——扮已逝的親人或神明來騙人。孫悟空這個小說人物竟然可以幻化成侵佔人身的「大聖爺」，正是個大漏洞。上帝眼中的邪惡，沒有比靈界的污穢詐騙和淫邪更巨大的了。假設人類的基因完全被巨人這些混種污染，耶穌基督就無法降生成人類、死在十字架上然後復活，擊敗死亡和罪，成就救贖宇宙的大功。那麼一來，末日大審判就沒有發生的條件，鬼魔邪靈就可以永遠存活下去了。這正是鬥爭的軌跡：鬼魔扮死去的親人、扮神明、扮宇宙能量、扮外星人——總之人類發展到哪個時代，鬼魔就以那個時代人類最相信的東西出現。同樣，沒受過甚麼教育的農村婦女會看見自己的「死鬼老公」，科學家卻會看見「不明飛行物體」。到處旅行的人常常會看見酒店裏的靈體。總之，使你不相信基督的救贖就是他們的目的。

大洪水裏，甚麼生靈（包括半邪靈半人的巨人）都毀滅了。只有挪亞一家八口活了下來。他們是純正的人類。人類的家譜於是從頭開始。創世記第十章全章都是家譜。從亞當到挪亞，人類曾大大地繁衍，最後卻因巨大的邪惡而死，只剩下挪亞一家八口從頭生兒育女。因此我們全都是挪亞的後裔。

故事還在延續。耶穌說，祂回來的日子人類會照常生活，吃喝嫁娶，並未想像過祂這下子就回來。這是說他們就像挪亞那時代的人一樣毫無準備嗎？還是說他們像挪亞的同代人那麼邪惡，邪靈鬼魔藉着謊言、毒品、網絡、能源、流行文化、通靈行為、娛樂事業、軍工生意、不道德男女關係……仍在控制世界？回頭看看這兩個最早期的家譜，一個徹底斷裂了，一個踏上了方舟，人口持續至今。想到這裏，我總有千鈞一髮的惶恐，而挪亞，就是那一條頭髮。

二〇二〇年二月二十二日於澳洲悉尼

眾葉飄搖

數年前堂姐姐逝世，終年七十。我們家共有堂兄弟姐妹十三人，她最年長，全部人都叫她「大家姐」。失去了自小一起長大的親人，固然難過，但最使人驚心的是，我們這一代人開始逐個從人間脫落了：像一片樹葉從大樹上飄走，同一代人都不免悚然心驚。但除了旁邊那幾片葉子，或葉脈共用的枝條，除了洞悉一切的天父上帝，這種小事還有誰知道呢？樹上葉子億萬，在地鐵裏，在茶水間，在餐廳中寄居的一刻，誰意識到這些事情其實一直在頻密發生？殯儀館沒有一天空着，搞儀式要排隊，排一個多月是等閒事。

葉生葉落，對大樹來說，再自然不過。只是葉與葉之間也有遠近親疏，接近的隨風廝磨，依傍着度日；時時納香察色，相聚的欣喜無日或缺，言笑的歡愉習以為常。經過否認、憤怒、哭泣、悲懷這一輪鋭痛，繼來的是空虛。我爸爸的喪禮上，大家姐慰問我時，臉色還很好。不過父親走後只幾個月，她就離世了。追思會人很多，我在香港的所有堂兄弟姐妹都來了，教會友人甚眾。其中一位是我的同事。她出來講述大家姐的日常種種，還告訴我們她把握最後的日子不斷地向主認罪，給我深刻印象。我的大伯娘從護老院出來送她的女兒。伯娘九十多歲了，頭腦仍好。她看着自己的女兒首先息勞歸主，一頭濃濃的白髮細細地抖動着，已經縮得很小的身體藏在會眾裏難以看得見。但她是有福的，因為她知道大家姐要往哪兒去，還知道來日可以和她重聚。

那種落葉的感覺，對於今年已經六十五歲的我，日漸「埋身」。唯獨上帝用犧牲愛子的劇痛，以血寫成的應許使我略覺安心。但這個應許，卻好像沒多少人肯在依然青綠的日子裏伸手接受。我算是抓住了，但抓得牢嗎？幸好聖經說：用力抓着甚麼的不是我，而是祂。

最近，朋友的丈夫忽因肺炎離世，而他們的兒子也早在兩年前中暑走了。如今，朋友孑然一身、臨崖而立，前面的痛苦有如萬丈深淵，卻不得不面對。她雖有信仰，但似乎並不十分投入，夜深人靜之時，那記憶的強迫症當是非常真實的。我們睹物思人，卻必須努力站在原地，忍痛讓天父對準所有傷口逐點醫治和處理。人心康復的過程比一切都悲壯。上帝叫我們向上看，命我們抓住祂的手，不可退後吸食故舊的餘韻，那會導人成癮；不得亂走掉進抑鬱的迷宮，那會使人沉淪。願主憐憫，把救恩送到這些正在悲傷的心靈中。

（補記：交上書稿之日，大家姐的母親、我的大伯娘也走了兩星期了。她是他們一輩的至親裏最後離世的一位。）

二〇一九年一月

二〇二二年一月二十五日

二〇二二年八月十九日

透明的隧道

童年和少年之間有一條不可預期的隧道，當時看不見，往後卻能夠在記憶裏發亮。你自然地穿過了它。到了「那邊」，你發現自己開始長高，開始明白母親的皺眉和父親疲倦的眼神；你開始介意髮型。你的口味和清潔習慣也逐漸拐彎。你被一股日夜工作的龐大意志挪動着，彷彿你正坐在一列恆速的火車上，不覺已進入了這透明的長巷。輪子和路軌繼續穩定地摩擦，沒有一點掩藏或虛謊，視野也穩定而誠實地開展，頭髮生長的聲音更在你忽然清晰的聽力範圍裏細細地爆裂。你像一片海綿，吸收着周圍的一切。你坐在那個位子上發呆，一時間沒有人認得出真正的你。

童年就是這樣滑進少年的。回頭細看別人筆下的童年，他們記憶裏的種種細節使我既驚訝又羨慕。他們那時都在玩耍、在頑皮，而我卻沒多少玩的記憶，真正頑皮的往事更少。如果有，都已經記錄在之前的散文裏了。畢竟，我是個更喜歡發呆的小孩。

生命的頭八年，我是個典型的貧窮但學業成績驕人的城市女孩。我和爸媽弟妹住在廣州最繁忙的地區。爸爸媽媽說起那個住址時總是說永漢路、高第街。光聽街名，就感覺到民族的自豪和功名成就在我們生命中的序列。其實當時這兩條路已分別易名為北京路和群眾街了，命名的意識形態簡直南轅北轍。父母沿用舊稱，不自覺地塑造了我們心裏一種隱秘的傲氣。很記得媽媽對我說過：看一個家庭要看它牆上掛甚麼、地上放甚麼。她說：「你要記住，我們掛的是T字尺，擺的是書架。」確實如此，我爸爸是當時的展覽會會場設計師，我媽媽在學校教語文。我爺爺在高第街的十多家店子被關閉後，仍然暗暗視這條街為家業。媽媽說她祖父（我太公）是《共和報》的創辦人和總編輯，言下之意是我生來就該把書讀好，否則有辱先人。這樣的家庭對孩子有期望，但期望有時會變為潛藏的逼迫。我媽媽從不能理解我的數學為何這樣爛，我為何覺得化學符號如此難看，她認為我只是懶惰。許多年後，我成了基督徒，才有能力反省內心的執念是否合理。可是到我懂得反省之時，我已經不再是孩子了。

祖父、祖母和庶祖母到香港生活，大伯父、二姑母和三伯父帶着總共十七個孩子也相繼搬到香港。到我們這一家，政府卻只放行兩人，就是爸爸和我。聽說把母親和弟妹留在廣州，是希望爸爸會把港元匯到內地。中國，確有過十分艱苦的日子，我總覺得有必要讓今天富足的新一代知道。

來到香港後，爸爸無法不把我放置在香港離島長洲庶祖母那兒寄養，讓我安定下來好好讀書，也方便他找工作。庶祖母其時只有四十多歲，還在行經，但所有孩子都管她叫「婆婆」。我忽然失去了媽媽精緻的栽培，在很短的日子裏就發現了孤獨的圍攻和饋贈。因為素常沒有足夠的野外訓練，我在長洲竟然「野」不起來。媽媽的信語重心長，她還省吃儉用給我寄來國內出版的兒童書。在六十年代的離島，人精神很好，但精神寄託少，何況我是「不該」和鄰居的野孩子玩的呢？於是我讀書，讀書，之後還是讀書，我的童年是用書本堆疊起來的。數一數，童年完結前，我已經吞吃了幾百萬字，看書時連自己是在看簡體還是繁體都記不清。

那一年我八歲。我的記憶也用八歲做船錨，因為我在靜寂的鄉野歲月裏開始進入了那條透明的隧道。它很長，有五六年那麼長。人落入其中，會感到有另一個自己在體內高速膨脹。我無法控制地大量思考、掂量和創作（睡前會在腦海寫小說，非常享受地），而且和一位似乎是天地主宰的某某不停對話。庶祖母眼中的我很不乖。我魯莽、神遊象外、喜歡和大人用我僅有的邏輯辯論（駁嘴）、東西總不知放在哪兒。為了馴服我，她命令我上教會。既然島上連汽車都沒有，我又懂得自己上學，上教會也得自己去。她是基督徒，卻是不去教會的。她斯文，用細如絲線的聲音說話，一臉憂愁地吸着煙，是祖父的妾。我和她同床睡覺，卻未曾有過一點一滴的親暱。那時我尚未能體會這中年女子同樣期待着我祖父的親暱，但他從不在島上過夜。她和我是疏遠的。一天我走近菜田，掉進了用草蓆子蓋着的化糞池。在臭水裏掙扎良久，才抓住池邊一把野草撿回小命。這事她不知道。我在學校惹了頭蝨，同學教我回家用煤油洗頭滅蝨，我做了，她也不知道。

她當然更不知道我在教會裏的不安。那時我參加的是建道神學院的主日學。我和很多小朋友在一起上課。老師在說聖經故事，我在看別的女孩。她們都拿着手帕，穿着連衣裙子。而我只穿着過短的長褲。我的白襪沒有花邊。我手裏沒有手帕。於是我希望大家看不見我。然而就在此時，老師要我講主賜福的見證。我胡亂找出一件小事當作見證。我說我腳底有一個瘡，主耶穌把它解決了。然後我幾乎羞愧得想哭。我講了一個事實（生瘡），同時也因要應酬處境編造了一個謊言（其實我覺得它是自己好起來的）。

其後老師發下了一個小本子，上面要我填寫一些東西。我隱約記得上面有一欄要填寫我的生日，另一欄則要填我的屬靈生日。我填了第一欄，到第二欄時，我不知道該寫甚麼。但是，那是主日學的功課。記憶中我思索良久，最後兩欄都填上了自己的生日，因為我不知道人怎麼還可以有別的生日。我當然更不了解那就是基督徒所言的決志。

在小島上生活，我認識了鄰居的許多太太。她們都在閒時做些小手作以補家計。我學會了「穿珠仔」，就是把無數的多色小珠用線連起成塊狀，組成一些頭飾、項飾之類的東西，上面有奪目的印第安人圖案。後來我猜想那是拿來出口到外國去給嬉皮士穿戴的。我記得，做好一條由小六角形組成的項鍊，工錢是港幣一角五分。我又學會了在庶祖母接來手打毛衣生意的時候，給毛衣編織兩條「脷」(舌頭)，那就是毛衣釘上鈕子和「開鈕門」的衣襟處。做了那個，庶祖母會給我五毛錢。工資最高的是到家庭小工廠去給毛衣繡上毛線花。繡一件好像有一元多，但我沒做得成，因為這工作太搶手了。此等細緻但重複的工夫，大都是安靜地獨自地進行的。於是我的腦子裏就空出了胡思亂想的野地。

很記得我第一次非常用心地想着一件事，是坐在家門空地的小板凳上洗碗之時。我在想我為甚麼得用心去洗。怕被罵？不太像。是因為那是該做的？這想法比較合理。但為甚麼世界上的事會分為應該做和不該做的呢？大人老是說，好孩子「該是」怎樣的。我試着去滿足他們的期許，但每一次都覺得這樣特別辛苦，因為那裏頭有無窮無盡的細節要去完成，沉悶死了，例如做功課。為甚麼別的孩子那麼容易就是個好孩子呢？而我，卻那麼「壞」？為何我總想偷懶，總想玩，總想晚一點才睡覺？我不知道，只記得庶祖母幾乎從來沒有稱讚過我，她說我「失魂落魄」、不細心、不專注、不安穩，也不尊敬長輩，更不像女孩子，給我起了個名字，叫做「撞死大笨象」（從「撞死馬」衍生出來的）。堂哥哥姐姐們為此笑了一生。

嘗試了很久，我放棄了。我開始明白「不乖」是一個小孩「本來的設定」，而好孩子卻是要用力去調正才做得成的。我多次努力，又多次洩氣。最後，觸發我思考的是一條發臭的毛巾。那個年代，我們每一個人都只有一條毛巾，洗臉、洗澡都用它，它在給連連降級被貶抑為地布之前，總是跟着你。不用的時候，你得將它掛到一個特定的鈎子上去晾乾。開始時毛巾總是香香的，有肥皂的味道。可是，過不了兩星期，它就漸漸發臭。拿它去清洗一遍，它又香了。但這個循環會越變越短，短得只有幾個鐘頭。到最後，它的臭已經無法清理。這讓我記起自己沒聽大人的話——每次用後都把它先洗淨才晾乾；這就是說，每天得做幾次。幸好，此事無人知曉，我也不必向誰負責。毛巾發臭，只教我自己難受。為了感官舒適，我是應該勤快一點的——不過，除了這個原因，我還感覺到有一雙眼睛正在看着我，正就我是否洗淨毛巾一事給我的良心打分。但是，連這麼小的事也牽涉到良心嗎？童年未完，我就感到「絕望」。我無法做及格的孩子，還望將來能做個夠好的大人。

就這樣，我和這位天上的全知者建立了某種秘密的關係，我知道祂明白我，而且明白到一個地步，連我童年那些可以胡來的年月都充滿祂的檢查和挑戰，還有祂的揀選和愛。原來我冒失的列車還未進入透明隧道時，祂已經坐在我身邊。只是我沒理睬祂，直到三十五歲。

二〇二一年五月三十一日

龐大地牢的小天窗——把畫筆揣在懷中的小販

據爸爸說，我們從澳門偷渡到來的清晨，先到達的是南生圍。我給爸爸或何叔叔輪流背起來，感覺他們在黑暗中奔跑帶來的衝擊。探射燈像巨大的光刀掃過頭頂時，我們都急忙趴下。爸爸的腳底當時受了傷，傷口後來久久未癒。那一年，爸爸三十二歲，我八歲。我們堂堂正正地做了一個月的澳門居民之後，偷偷摸摸地來到了香港。

那是個很黑很黑的夜，我們登上了一艘漁船，在海水的鹹味之上，船的木頭和汽油引起了又一層複雜的嗅覺反應。我知道自己要懂事，這一刻，甚麼聲音都不能發出。船一直走了很久，忽然停了下來。船家把我們推到船艙裏。那兒人很多。今天，我記憶都模糊了，只記得艙門一關上，就有一種可以吞掉所有感官的黑暗從四方八面壓迫過來。我覺得很不舒服，那兒好像一點空氣都沒有，我們快悶死了。後來，船艙的門打開，船又開動了，最終靠了岸。我們開始在濕地田野上奔跑。跑到天色漸亮的時候，有個大叔來接我們。在一間小小的村屋裏，我們坐下喝熱茶。未幾，那兒的大叔用一輛舊汽車把我們送到市區去。爺爺、嫲嫲、細嫲嫲、大伯父、二姑母、三伯父和中環花布街那座三層高的小樓都在等我們。然後，我在一道拉門的旁邊不知所措地站着，看爸爸坐在嫲嫲的床上，用針把他腳底的傷口挑穿，放出一些膿來。他們不曉得一個孩子看着這種情景，簡直驚心動魄，一生難忘。同一時間，爸爸帶着一個傷口、一個女兒，開始了他的香港人身份。

時為一九六二年夏天。那一年，大量人口從內地偷渡來港，但來到的只有部分能留了下來。當時的港英政府沒有固定的政策，他們既收留抵達市區的偷渡客，也經常進行大規模的遣返行動，如一九六二年的大遣返就是其一。感謝天父，我和爸爸因為能夠抵達中環，因此給留下來了。

爺爺開的小小呢絨店子無法養活這麼一大家人。於是大伯父行船去了，爸爸也消失了，一兩個星期才回家一次。只有三伯父做推銷員，為祖父奔跑。對我來說，這是在忽然離開媽媽一個多月之後又忽然離開了爸爸。我整天都在哭。大人看見我就罵幾句，說我把店上的生意都哭跑了。爸爸走開了，高高瘦瘦有點兒寒背的側影也漸漸淡化萎縮了。我慣於依附雙親，雙手忽然因落空而冰冷，八歲，第一次開始體會悲傷。

那時我覺得三十二歲的爸爸已經很老了。我每逢向大人問起他在哪裏，就再一次感覺到他的老。他回來時，更是如此。我很想念他，但每次都不忍心看見他。他眼睛很大，線條分明卻近乎深陷，眼下有韓國女子最想要的臥蠶，但對爸爸來說，那是疲倦的鬆弛，眼裏面還有排剩的淚水。後來，臥蠶漸漸變成了大大的眼袋。他的臉滲出一種深深的不忿，一種極其強大而持續的挫折感。略長而下陷的臉頰使他的英俊同時夾雜着叫人心痛的衰殘。那時我總覺得爸爸會短壽。惦念越深，我越低沉。問嫲嫲，嫲嫲的答案一時是「你爸爸在國貨公司打工，夜裏要當更的，睡在宿舍裏」，一時是「在工廠裏了，別問好嗎」，總之，我感到大人已有了共識，就是要把我和爸爸「割開」，讓他有「自由」去找工作養家，而我也有自由好好上學。幾個月後，我隨細嫲嫲搬到長洲去「隱居」，看見爸爸的時間更少。我的生活算是穩定下來——上學下課，在忽然沒有了爸爸媽媽之後。

媽媽的信總是定時寄到的，充滿家訓，但我看着會不安，有時甚至不肯把信看完——當每一封信說的都是貧窮和苦難，我開始逃避了。對一個小學生來說，我的家庭太痛苦，我沒有面對的能力，也沒有辦法向我那些生活非常穩定的同學訴苦。我對爸爸的惦掛超乎想像地深。爸爸卻神出鬼沒，我完全不知道他住在哪裏，何時會來看我，只知道我一放暑假，他就會出現把我帶回廣州去交給媽媽。可以說，我的整個小學時期，爸爸的行蹤都很神秘。聽說他去做很辛苦的工作，但每次他在我面前出現，仍是那個修長、斯文但疲倦的男子，爸爸是我的神話——直到我讀中學我們再次住在一起。

那時候爸爸正在紅磡海底隧道的工地做工。他在香港的日子，那段時間是最健康的，他每天回來會說一些深入紅隧時的工作經驗，和隧道的建築方式。顯然，對於一個工人來說，六十年代末的這樣一個工程給人極其深刻的印象。我第一次感到他為自己的工作驕傲，就是紅隧將近完工的那段日子。到底他在哪兒具體做怎樣的工作？他提過的有拿大錘子去錘打甚麼。未幾，隧道竣工了，香港跨進了一大步，眾多的工人卻不得已地後退了一小步。工作沒有了，爸爸又得到處尋找養家的門路。

三十八歲，早過了當學徒的年紀，也無法靠一份小工養活在港的我和在大陸的媽媽和弟妹。這是當時的一種典型——內地政府將一個能掙錢的人放到港澳來，但把其妻兒扣留在大陸，讓那個當爸爸的不斷把港幣寄回去。那一年，爸爸決定到鴨寮街賣東西。我們之間，開始產生很大的張力。我成了有名官校的學生，爸爸則越見販夫走卒了。他用髮乳蠟得好好的大曲波不見了，只留下一頭的汗。因為太曬，他的皮膚變得很黑，眼睛更深陷，而且沒有神采。我白天在學校活得太快樂，幾乎把爸爸全忘記了，但一到傍晚，我又變回了灰姑娘，淘米做飯，拿個洗衣板和勞工鹼蹲着洗衣，把火水爐的芯一一拉高、剪掉，然後做功課。我知道他是怎樣蹲在太陽下賺錢的。他把許多壞掉了的原子粒收音機買回來，拆開、除漬，再修理好。我看見過裏面很多亂糟糟的線，繞在蟑螂糞堆中。爸爸用小刷子一一清理，然後用一個「辣雞」把斷掉的電線頭焊接起來——收音機又響了，只是賣相仍不好。那時他就會讓我來幫忙。他要我用一盆水，把收音機那些粉紅粉綠的外殼洗淨，再拿個水砂紙打磨弄花了的地方，最後塗上一層蠟。在陽光下，這些收音機還是閃閃發亮而且能發聲的。如果「爛機」用三元買回來，爸爸可以用五元賣出去，我們就有一頓飯吃了。假如一天能賣幾部，媽媽和弟妹在廣州也有飯吃了。於是，爸爸在晚上總是彎着背，靠着一盞小燈在工作。他身上的灰白色背心後面露出肩胛骨，像一片斷翅餘下的骨頭。他走開的時候，我會拿起他的「辣雞」來玩。看着那松香和錫條熔化、變成小圓粒，煞是好玩。精神集中到眼前的小點上時，我確實會得到一陣子莫名的刺激。可是，每當我知道爸爸賣了幾部收音機之後錢給黑道白道的壞人奪走了，我的心卻會痛成一團，像錫條遇熱熔化然後聚合成球，不斷收縮，重重往下墜，在一種低沉的絕望中滾動至凝固。這感覺，比傷心更難熬。警察來了，收保護費；黑社會也來了，收的同樣叫做保護費。爸爸有時一整天白做，還會給抓到差館去。我們一家漸漸站不穩了，爸爸開始跟伯父們借錢，跟姑媽借錢，跟朋友借錢。一旦開始了借錢的循環，一家人就再沒有尊嚴了。但他們兄弟姐妹其實都落在類似的境況中，錢借來借去，大家都越來越窮。日子太慘了，爸爸要我退學到工廠打工，我不肯，他就罵我不孝。許多次了，我只得回到學校向老師求助，只有他們才能勸服爸爸讓我繼續學業。有些老師更讓我去給他的孩子補習，藉故給我輸送一點「學費」。這些幫助過我的人，我一生都不會忘記。爸爸和我在貧窮裏掙扎，媽媽、弟妹和外婆就更慘了。幸得國內的親戚的扶助，我們才在城市的邊緣上長大成人。

爸爸的生活很苦悶。當年的鴨寮街是下午才有人開始擺檔的，爸爸早上有時會睡到十點，但夜裏他幾乎天天失眠。在沒有安眠藥的時代，失眠就只能夠忍受了。爸爸說，他到了天亮才開始熟睡。他就靠上午那短短的一覺支撐一整天。多年來，每逢想起這些日子，我都會感到激動和傷痛。我知道，我若放棄中學的五年政府獎學金，去工廠工作；或放棄港大，出來做個文員是不理性的。若然如此，我們的家將一直無法向上流動。但一面讀書，一面看着父親的身體日益衰敗，真是心如刀割。

七十年代末，母親和弟弟終能來港定居。弟弟那時才是個高中生，但論到做生意，弟弟比爸爸有眼光，於是後來一面讀大專，一面做爸爸的軍師，讓他棄掉已經沒落的收音機，改為賣音箱。媽媽也幫爸爸一把，她站在太陽下當售貨員，一面照顧鴨寮街的檔口，一面照顧爸爸的飲食，真難為了媽媽。像整個香港一樣，我們的收入漸漸開始可以餬口。其時香港警察也變得好一點了，再沒有天天從乞丐的盤子拿飯吃，我們這才過得上一點正常的家庭生活。但很可惜，父親心裏長期累積出深厚的苦毒，難以排解。他無法再溫柔地對待家人了，我們對他都感到害怕——怕他的脾氣，怕他的不安，怕他的敏感和焦躁。然而他對於和他一樣在社會上掙扎的人的態度卻是很隨和的。他的憐憫和體諒，我和媽媽有所不及。一次，我們買了部電視機，送來的時候搞來搞去搞不好，無法看到視像，媽媽和我都頗有微言，爸爸卻一句話就封了我們的嘴巴：「別這樣，人家也只是打工的。」這個「打工」的年輕送貨員，本來就是打工的爸爸自己。他也受過很多氣。

於是我細細數算父親打過的工：看更、國貨打點、地盤工人、工廠工人、文具店售貨員。當然還做過小販。但其實父親本來的人生呢？當爺爺還是大資本家的時候，他是大家族裏的四少爺，比所有哥哥都英俊和高挑，而且有才華，因此大大地受寵。哥哥們只讀完中學，他可以上大專讀美術，在那些Studio的畫架之間認識了活潑的媽媽。在大陸，他是設計公司的設計師，專門搞大型展覽會。那時沒有電腦，所有的視覺佈置和美術字都要用手來寫。在這一行裏，爸爸就是出色。而且，他閒餘所畫的油畫還可以拿上北京展出——難道他就沒有更大的夢想嗎？他為甚麼到香港來？是為了能把畫畫得更好嗎？是為了一家團聚嗎？都不是。是為了逃避數年後的文革嗎？他也沒有這樣的先見之明。他是為了一種寬大的可能，放棄了一個固體的定案。那個可能就是香港。對於一個資本家的兒子來說，香港是一個小天窗，爬到房頂上面逃走，但外面沒有建好了的樓梯，在落地生根的過程中首先要摔一大跤。定案就是留在國內，留在那個對一度富有的人的龐大歧視裏。但如今回頭看看爸爸的同學，他們都穿過了文革的烈火而倖存，日漸在美術圈內成名了，畫作和雕塑都賣得很貴，當老師的後來還當老師，做教授的後來還做教授。但爸爸到香港來了，在此地生活了五十三年，一直在基層掙扎，他是小販，退休時還是小販。直到我弟弟畢業後逐步成長，更回到國內去建廠，成老闆了，他還是個退休小販。弟弟的聰明和敏銳，使父親於六十多歲後能夠安享晚年。安享，是指生活上的安定而言的。但他一生坎坷顛簸，對一切都失去了信心。他不信有錢人，不信政府，甚至不信兒女，不信將來。因為他在香港的日子，警察和黑社會一起欺負他，消防員拿不到錢不開水喉。廉政公署出現了，他還是焦慮驚心，看見廉政專員也貪這貪那，自然更是恨得咬牙切齒。過去的二十多年，我和弟弟給他的家用，他都小心地存起來，甚麼都省着用，最後數目比很多人的公積金還要多。但是他並不快樂。不過，他也曾有過一個頗為美麗、常常回味的回憶。某天，他就在街頭見到當時的港督麥理浩。爸爸說他穿着短袖的夏威夷恤，和市民談話。這位為市民建築公屋的好港督，在父親長久不快的香港日子裏，好像一個錨，把他的心固定在「這世界上還是有一些好人的」這個觀念上。

我長大後成了寫作人，爸爸保存着我的書，卻從來不看。我們閒聊，他的話題許多時都是弟弟。他心裏有很大的恐懼——怕弟弟會像他一樣到處受人欺負。但弟弟藝高膽大，生意做得很好。此時，爸爸就反過來說他貪功、野心大，其實在他的恐懼中他不知多驕傲。但是，這兩位有型男士不多和對方說話。媽媽於是成了他們的傳聲筒。但即使是深愛他們的媽媽，也不免因此成了誤會的媒介。爸爸有時竟然覺得兒子不聽話，結果父子倆一直就只能打開一局象棋來溝通。可惜就算只是遊戲，象棋還是一場又一場的廝殺，而且父親沒有勝算。就這樣，父親的脾氣因自己日漸走向卑微而變大，而自尊則因逐步進入老年而縮小。

父親晚年最開心的時間，是退休之後漸漸恢復畫水彩畫和寫書法的習慣。但他信心太小，人亦已經七十，若不是媽媽和我們極力鼓勵，他的畫展是不能成事的。我在大學的方樹泉樓的「鏡房」訂了兩天的時間，給爸爸的水彩展出。我們拿着他的畫去旺角裝裱，一張一張小小的水彩，給鏡框突出了，甚是精美。媽媽和我翻遍了唐詩宋詞的選集，為他的作品找詩句做名字。我聯絡了以設計著名的書樓為爸爸出版他最好的作品。我們像對一個小男孩那樣溺寵他、支持他、照顧他。漸漸，我們開始看見他尷尷尬尬地笑了。爸爸一覺得不好意思，就會胡亂說笑。他的笑話本身不好笑，好笑的是他說笑時不好意思的孩子一樣的面容。畫展很成功。我在浸大的同事都來看，他的同學、朋友，無論懂不懂畫的都來捧場。父親既驚喜又自責。他覺得自己不配得到這麼好的待遇。老實說，爸爸七十歲時還是非常高挑英俊的，可是，在那個瀟灑的身體內，他總沒法趕走那個自卑的小販。記得一次，他和我提起著名的畫家黃永玉老師。爸爸說，他們以前是朋友。我問：現在為甚麼不再是呢？爸爸說：他很有名，而且富有。我說：爸爸，那不對，你們同樣是畫畫的。他畫得好，有名聲，不等於你們不再是朋友。爸爸說：不，現在和他來往是高攀了。我無話可說。為了我們，爸爸把自己的一輩子放在鴨寮街的正中央，付出的不光是大半生的光陰，更是他的自我形象。

爸爸是很典型的。受過高等教育，帶着豪情壯志來到香港，生存以外，只得到了疲倦；除了紅隧，爸爸甚至好像沒有參與過香港的建設。但我知道，實情並非如此。爸爸是香港整個騰飛時代的一分子。他一手拉着我，一手提攜着弟弟，吃力地用已經損折的翅膀起飛了。他很辛苦，因此我們並沒有從飛翔的航道上掉下來。

二〇一五年初，爸爸在瑪麗醫院接受了一個大手術。醫生給他摘除了一個很大的血管瘤。手術後，心臟科醫生走來說，爸爸的血管受不了，要再動手術搞心臟那一部分。爸爸堅持不肯，結果一個月後死於手術的併發症。那時，爸爸尚有幾個月才八十五歲。醫生說，如果他不吸煙，壽數應不只此。由是我想起父親在陽台上吸煙的背影：孤獨、不安，灰色的頭髮散亂於風裏，即使在最安樂的日子，依然充滿遺憾、無話可說。因為寒背，他風衣背部永遠勾出同樣的拱弧，下面是細長的腿、飄動的睡褲，再而下是整齊白淨的腳趾。他的腳趾真的很清潔，更可以說是仍然十分年輕，皮膚甚好，一點老態都沒有。有時我想，若不是生活的煎熬，爸爸應當還是我的資本家爺爺家裏那個「官仔骨骨」的四少爺。

父親在港生活了五十多年，辛苦的日子比享福的日子多。我在香港也生活了五十多年，但我大部分時間都過得很好，就此而言，弟弟也一樣。這大概就是父親要成為香港人的目的了。我知道，當長輩對爸爸說「你的兒女真乖」的時候，這幾十年的苦就在父親的喉頭散去，他的感覺暢順了。長輩後來告訴我們：你們爸爸總說你們好。是的，我們都知道。明明地知道。暗暗地知道。一直知道。

二〇一八年二月二十四日

代後記　得失寸心知

從事藝術或文學創作的人最深刻的痛苦是甚麼？一些朋友說，那就是得不到別人的認同。但這種看法，我最不認同。一天到晚等待別人認同的人，無法專心創作，漸漸改為追趕潮流或迎合朋輩的觀點，經常會為了討好讀者、同行或評審而扭曲自己的心意。這種情況，社交媒體上尤甚。他更因為很介意「別人」的迴響，無法準確判定自己的水平。

但此地真的有頗多的人覺得自己懷才不遇。這是心理病，須要治理。其實世上只有過分地受寵的創作人，很少人見不到伯樂，因為在網絡時代，伯樂的數目可能比好馬更多，而且情況越來越明顯。不過這種早就有了疫苗的古裝病態讓人自覺浪漫，故仍頗為普遍。出版社告訴我，有才華、語文好的年輕作家很難找，「不遇」的人實在少得不成比例。

身為創作人，我覺得自己最大也最深刻的痛苦絕不是懷才不遇，而是眼高手低。無論我多麼努力，我一直寫不出、畫不出自己很想寫和很想畫的作品。換句話說，我的表現水平及不上我的欣賞水平。

「文章千古事，得失寸心知。」這是不易真理。別說我對自己要求高，這種看法不妥當。反之，我是對自己的限制十分清楚，我知道目標在哪兒，我有方向、有期待，但苦於「望山跑死馬」，我欠缺的是優質的性格（例如耐性）、基本功、學力、接觸面、深度、時間和精神。而這一切，都是只有上帝才能賜予的。既然我有這種觀察，那為甚麼還要寫、還要畫呢？

因為享受嗎？是的，這是非常重要的因素，卻不是全部緣由。也許該說，我在享受之時也覺得痛苦。我面對激烈的掙扎、偶然的突破、進步的喜悅和獲得讚賞的虛榮。鼓勵我的人，我感激；諷刺我的人，我也感激。禱告後的順利或攔阻，更使我感恩。過程的崎嶇或遼闊，比別人的反應真實得多，也長久得多、有意義得多。

創作多年，回頭細看，我不會說繪畫和寫作是上帝給我的召命。我只敢說，上帝給了祂所愛的女兒兩種有趣的玩具。玩具是父親送給女兒的，祂想她快樂，也想她通過玩具去學習和成長。至於她是否能夠在享受的同時榮耀祂，那則是另一件事、另一個召命、另一種她追求的終極目標了。如果這兩件事最終成了一件事，那是因為祂使「萬事互相效力」。

多年的寫作和繪畫換來了甚麼？我覺得那是與才華的疏離，與靈感的分手，與日常生活的盟約。鍵盤和色碟，不但揭露了我的弱點和無力感，也帶來了我與極少數同行者之間的珍貴共鳴。畢竟，人生世上，創作和創作成果是幸福的源頭之一，也是我之為我的主要成分。

〔遇上散文〕

面對面的離情

責任編輯　張佩兒
裝幀設計　簡雋盈
排　　版　陳美連
印　　務　林佳年

作者　胡燕青

出版　中華書局（香港）有限公司
香港北角英皇道四九九號北角工業大廈一樓B
電話　（852）2137 2338
傳真　（852）2713 8202
電子郵件　info@chunghwabook.com.hk
網址　http://www.chunghwabook.com.hk

發行　香港聯合書刊物流有限公司
香港新界荃灣德士古道二二〇－二四八號荃灣工業中心十六樓
電話　（852）2150 2100
傳真　（852）2407 3062
電子郵件　info@suplogistics.com.hk

印刷　美雅印刷製本有限公司
香港觀塘榮業街六號海濱工業大廈四樓A室

版次　二〇二二年十一月初版

規格　三十二開（190 mm × 130 mm）

ISBN　978-988-8808-83-0